공백

북튜버. 좋은 책을 읽고 나면 신나서 호들갑을 떨곤 한다.
그 일환으로 유튜브 채널 『공백의 책단장』을 운영하고
산문집 『당신을 읽느라 하루를 다 썼습니다』를 펴냈다.
하고 싶은 일도, 해야 하는 일도 많건만 늘 쉽게 지쳐
버리는 탓에 아쉬움이 잦았다.
연비 낮은 신체와 예민한 정신을 두루 돌보며 살기 위해
휴식과 명상, 마음 챙김에 주목했다.
그 결과 이제는 제법 삶에 쉼표를 찍는 일에 능숙해졌다.
인스타그램 @gongbaek_bookdressup

휴식의

말들

휴식의 말들

나를 채우는 비움의 기술

공백 지음

들어가는 글
더 잘 쉬는 사람이 되기 위하여

나는 쉽게 지치는 사람이었다. 타고난 체력도 약한 데다 운동을 즐기지 않아 늘 기운이 없었고, 상처받기 쉬운 성격과 예민한 감 각 때문에 심리적 피로를 느낄 때도 많았다. 소란한 세상 속에서 1인분의 성과를 내고 1인분의 부침을 겪어 낸다는 것이 내게는 무 척 어려운 일처럼 느껴졌다. 상황이 이러했으므로 내게는 휴식 이 절실했다. 그것도 양질의 휴식이.

몸과 마음을 회복하기 위해 여러 가지 시도를 했다. 명상과 요가를 배우고, 수련원에 들어가고, 강의를 듣거나 책을 읽고, 혼자서 불쑥 여행도 떠났다. 어떤 방법은 효과적이었고, 어떤 방 법은 무용했으며, 어떤 행위는 삶에 스며들었으나, 어떤 행위는 지속 불가능했다.

그간 삶에 쉼표를 찍기 위해 했던 부단한 노력을 떠올리며 이 책을 썼다. 여기에 실린 이야기들이 독자들을 조금 더 '잘 쉬 는 사람'으로 만들어 주리라 믿는다.

한편, 휴식에 관해 쓰는 사이 자연스럽게 그와 대척점에 있는 것들에 대해서도 생각하게 됐다. '쉬고 싶다'는 저마다의 욕구와 필요가 충돌하는 지점과, 그 사이에서 누락되는 존재들을 살펴보는 과정에서 우리의 쉼이 더욱더 깊어지고 짙어질 수 있다면 좋겠다.

『휴식의 말들』 출간 계약을 마친 후 내 담당인 은우 편집자님을 처음으로 만났다. 그녀는 출간에 대한 걱정과 부담으로 경직된 나를 다독이듯 말했다.

"휴식에 대한 글을 쓰는 건데, 쓰는 동안 너무 힘들면 안 되잖아요."

그 따뜻한 격려를 가슴에 품고 책을 펴낸다. 독자들 역시 무리하지 않고 편안히 이 책을 읽어 주신다면 좋겠다. 이 책이 독서라는 여가로 여러분을 초대하는 마중물이 되길 기원한다.

2024년 1월
공백

말하자면, 게으르다는 것은 있는 그대로

내버려둔다는 것이다. 그것은 슬기로움이나

너그러움의 한 형태다. 물러났다가

세상으로 다시 돌아와야 한다.

— 피에르 쌍소, 『게으름의 즐거움』(함유선 옮김, 호미, 2003)

사람들은 '휴식'이라는 단어 앞에서 종종 이런 근심에 휩싸인다. 휴식을 갈망하는 나 자신이 게으른 건 아닐까, 치열한 경쟁 사회에서 나의 휴식이 곧 도태됨으로 이어지는 건 아닐까, 돈도 없고 시간도 없는데 쉬겠다는 건 욕심이 아닐까, 일손을 멈추면 비생산적인 인간이 되어 버리는 게 아닐까. 끊임없이 쉼의 자격과 가치를 가늠하며 그 언저리를 맴도는 동안 우리는 끝끝내 휴식과 불화하고 만다.

휴식休息에 따라붙는 오명을 덜어 내기 위해 글자의 의미를 자세히 들여다보기로 하자. 첫 글자 휴休에는 '쉬다, 멈추다'와 더불어 '너그럽다, 관대하다, 기쁨'이라는 의미가 담겨 있다. 식息에는 '살다, 키우다'라는 의미가 포함되어 있다. 이 글자들은 우리에게 말한다. 일상에 쉼표를 찍으려는 스스로에게 너그러워져야 한다고. 휴식은 삶의 기쁨이며 동시에 생을 키워 내는 힘이라고 말이다.

이 점을 잊지 않기 위해 백 개의 문장을 모으고 백 편의 글을 썼다.

휴식은 게으름도、 멈춤도 아니다。

휴식을 모르는 사람은 브레이크가 없는

자동차 같아서 위험하기 짝이 없다。

— 헨리 포드

올더스 헉슬리의 디스토피아 소설 『멋진 신세계』에서는 자동차 왕 헨리 포드를 신으로 숭배하며, 최초의 대량생산 자동차 포드 T의 생산일을 기원 원년A.F., After Ford으로 삼는다. 그가 컨베이어 벨트 시스템을 최초로 도입하여 제품 생산력을 폭발적으로 증대시킨 장본인이기 때문이다.

이처럼 효율과 생산성의 아이콘인 그가 주5일 40시간 근무제를 처음으로 도입한 사람이라는 점이 재미있다.● 포드는 양질의 근무 조건을 갖춰야 좋은 인재가 나온다고 믿었고, 노동자들이 충분히 잠을 자고 여가를 확보해야 일의 능률이 오른다고 봤다.

포드의 이러한 운영 방침은 다분히 사업가적 수완이기는 하나 되새겨 볼 구석이 많다. 그에게 휴식은 일의 대척점에 있는 것이 아니라 그 자체로서 귀하고 쓸모 있는 시간이었다. 쉬는 시간은 잉여가 아니며, 쉬는 인간 역시 태만한 자가 아니라는 걸 인정함으로써 그는 많은 노동자의 삶에 변화를 가져왔다. 산업에 끼친 커다란 영향들과 더불어 '휴식의 재조명'을 포드의 또 다른 업적으로 기릴 만하다.

● 포드는 노동자들에게 충분한 여가 시간이 주어져야 소비가 촉진된다고 생각해 노동자들의 임금을 크게 인상하기도 했다.

일하는 동안 곁에 두기 위해

처음으로 작은 꽃을 꺾은 사람은 인생의

기쁨에 한 발짝 다가간 것이다.

— 왼르문 왼츠

소소하지만 확실한 행복, 일명 '소확행' 열풍에 대해 다음과 같이 분석한 글을 본 적이 있다. 요즘 세대들은 이전 세대에 비해 상대적으로 큰 부를 누리거나 직업적 안정감을 얻을 수 없기 때문에 작은 행복에 만족할 수밖에 없다는 것. 그러니까 큰 성취를 포기한 자들이 몸을 비틀어 안착한 곳이 소확행의 세계라는 거다. 글의 말미에는 이런 권유도 덧붙어 있었다. "소확행은 일시적인 만족일 뿐이니, 더 큰 희망과 비전을 품어라."

기사를 본 후 나는 기묘한 기분에 휩싸였다. 소확행은 정말 시대가 낳은 부작용일까? 나는 도피하고 있는 걸까? 작은 만족감에 마취된 걸까?

아이러니하게도 나는 현재 소확행을 만끽하고 있다. 글을 쓰고 있는 장소는 호텔이다. 통창으로 저무는 햇빛이 쏟아져 들어와 눈이 부시다. 실눈을 떠 바라본 창문 너머로는 도시의 풍경이 한눈에 펼쳐져 있다. 테이블 위에는 노트북 컴퓨터와 책 한 권, 적당한 산미의 아이스 아메리카노 한 잔과 꽃 한 송이가 올려져 있다. 꽃은 호텔에 들어오는 길에 구매한 망고튤립으로, 크래프트지 한 장으로 가볍게 포장되어 있다. 이 글을 다 쓴 후에는 오랜만에 반신욕을 하려 한다. 향기로운 입욕제도 풀어서. 이것은 내가 일상에 찍는 작은 쉼표다.

내게는 이런 시간이 필요하다. 나만을 위한 작은 사치와 방해받지 않는 회복의 시간, 소소하지만 확실하게 내 마음을 부추길 수 있는 소확행의 장면들 말이다. 자고로 먼 길을 지치지 않고 걸어가려면 걸터앉을 작은 나무둥치가 필요한 법이다. 이 나무둥치는 도피가 아니라 그 자체로 작은 쉼표, 온전한 기쁨 이다.

"무슨 소리야, 한번 브라자를 푼
사람은 다시 찰 수 없어!"

— 김하나 외, 『여자 둘이 살고 있습니다』(위즈덤하우스, 2019)

004

'맥주가 남아 있던가?'

집 앞에 다다를 때면 늘 기억을 더듬는다. 맥주는 다 떨어졌거나, 한두 캔 정도 남았을 것이다. 사다 두면 먹겠지, 없는 것보다 낫겠지 하는 마음으로 수입 맥주 네 캔을 사서 집으로 향한다. 도어록 번호를 누르고 현관문을 열기 무섭게 둔둔이가 뛰쳐나온다. 발치에 매달린 둔둔이에게 종아리를 사정없이 긁혀 가며 아등바등 신발을 벗는다. 새끼발가락을 짓누르던 느낌이 사라지고, 양말 너머로 시원하고 알싸한 해방감이 몰려온다. 여기에서 멈추지 않고 양말까지 단숨에 벗어 젖힌다. 가방과 겉옷도 떨구듯이 벗는다. 배를 조이던 바지 버클을 풀자 눌려 있던 뱃살이 왈칵 쏟아진다. 머쓱한 마음으로 배에 붉게 난 버클 자국을 쓱쓱 문지른 후 헐렁한 잠옷 바지로 갈아입는다. 명치를 조이던 브래지어를 벗어 던지고 목 늘어난 티를 꿰어 입는다. 집요하게 이마에 달라붙어 성가셨던 앞머리를 쓱쓱 그러모아 이마 위로 쫑쫑 묶는다. 파인애플 같은 머리통을 하고 화장실로 들어선다. 거듭된 수정 화장으로 땀과 화장품이 엉겨 붙은 얼굴을 세안제로 쓱쓱 문질러 닦는다. 맨송맨송해진 얼굴이 슬슬 땅기려는 찰나, 가볍게 토너와 로션을 발라 수분을 흡수시킨다. 맥주 한 캔을 꺼내 들고 소파에 몸을 던지듯 드러눕는다.

자, 준비됐다. 무슨 준비?

집 밖으로 한 발짝도 나가지 않을 준비.

나는 회복하는 느낌을 안다.

누군가에게 받아들여지는 기분.

— 김환진, 『나주에 대하여』 중 「침목의 사자」(문학동네, 2022)

6주간 이어져 오던 글쓰기 모임을 끝마쳤다. 마감은 한 주에 한 번씩 찾아왔는데, 한 페이지 남짓 되는 글을 요리조리 매만지고 있자면 일주일이 쏜살같이 지나갔다. 마감한 자, 마감하지 못한 자, 너 나 할 것 없이 일요일 저녁이 되면 컴퓨터 앞에 모여 앉았다. 한바탕 살가운 인사가 오가고 나면 본격적으로 각자 쓴 글을 소리 내 읽고 감상을 나누는 시간이 이어졌다. 흔히 '합평'이라 부르는 이 시간에다 우리는 '부비부비'라는 이름을 붙였다. 서로의 글에 따뜻한 손길과 관심을 더한다는 의미로.

길지 않은 시간이었지만 많은 이야기들을 글로 털어놓았다. 최근 자주 아프고 괴로웠던 몸의 상태에 대해서, 친구에게 말하자니 좀스러워 보여 꾹꾹 눌러 참았던 서운한 일들에 대해서, 비밀스레 묵혀 두었다가 곪아 버린 생채기들에 대해서. 동료들 역시 글로 풀어낼 수밖에 없었던 내밀한 이야기들을 들려주었고, 온 마음을 다해 타인의 글을 부둥켜안아 주었다. 품이 넓은 그들과 함께 있자면 남부끄러운 사연과 모난 마음, 서툰 글솜씨도 창피하지 않았다. 추락에 대한 염려 없이 헹가래를 받는다면 이런 기분일까. 중력과 중량에 대한 부담일랑 내려놓고, 등 뒤를 받아 주는 손을 믿고 마음껏 떨어지는 기분.

6주간의 기억을 떠올리는 동안 커다란 안온함이 몰려온다. 나는 막, 충전을 마친 참이다.

나는 혼자 있을 수 있기를, 그것이 단지
기다림이 아니라 내게 가치 있기를 바란다.

― 수전 손택, 『수전 손택, 다시 태어나다: 일기와 노트들』
(Susan Sontag, Reborn: Journals and Notebooks)

'고요함을 파는 사업'이 흥행할 거라고 많은 이들이 예측하고 있다. '고요함'이라는 단어의 자리에 '홀로 있음' '휴식' 등을 넣어도 무방할 것 같다. 1인 여행자를 위한 숙소, 전자기기 없이 머무르는 카페, 녹음 가득한 공간에서 이뤄지는 명상과 요가 수업, '마음 챙김' 전문 교육기관까지. 세상은 정말 고요와 휴식을 팔고 있다.

한때는 쇼핑하듯 휴식을 찾아 헤맸다. 적지 않은 돈을 들여 홀로 여행을 떠나고, 요가 수업을 듣고, 템플스테이를 검색하고, 시골의 명상센터에 들어가 열흘 동안 두문불출하기도 했다. 그렇게 하고 있을 때면 마음이 든든했다. 이제야 제대로 쉬는 법을 알게 된 것 같기도 하고, 세상 어떤 풍파에도 고요함을 유지할 수 있을 것만 같았다. 하지만 현실로 돌아오면 기대는 무참히 깨졌다. 세상은 여전히 시끄럽고 자극적이었다. 그 소란함을 피해 또 다른 휴식 프로그램으로 숨 가쁘게 도망쳤다. 그렇게 몇 년을 보내고서야 비로소 깨달았다. 나는 남이 차려준 고요를 받아먹기만 했지 혼자 고요 속에 머무는 방법은 몰랐다는 걸.

보컬 레슨으로 밥벌이를 하던 시절, 내가 수강생들에게 강조한 한 가지 원칙이 있었다. 혼자서도 연습을 잘하는 사람이 될 것. 나는 학생들에게 늘 이렇게 말하곤 했다.

"일주일에 한두 번 레슨 받는 게 중요한 게 아니야. 중요한 건 너 혼자 있는 시간에도 제대로 연습할 줄 아는 거야. 나는 이제부터 너한테 혼자서도 잘 연습하는 방법을 가르칠 거야."

레슨을 그만둔 지 10년이 지난 지금, 이 말을 내게 돌려주어야겠다. 나는 이제부터 나에게 혼자서도 잘 쉬는 방법을 가르칠 거야, 라고.

일상의 공간은 어디로든 떠날 수

있는 출발점이 되어 주고 여행의 시간은

그간 우리가 지나온 익숙함들을

가장 눈부신 것으로 되돌려 놓는다.

떠나야 돌아올 수 있다.

— 박준, 「운다고 달라지는 일은 아무것도 없겠지만」(난다, 2017)

여행은 휴식의 일종이라 여겨지지만 종종 엄청난 긴장감을 유발한다. 때로는 사람의 진을 빼기도 한다. 같이 간 친구와 손발이 맞지 않거나, 지갑이나 핸드폰을 잃어버리거나, 기대했던 식당의 음식이 형편없거나, 머리카락과 물때가 가득한 비위생적인 호텔에 묵게 되거나. 그런 여행을 끝마친 후에는 지친 패잔병처럼 집에 귀환하기 마련이다. 여행travel의 어원이 '노동, 고통, 출산'reavail이라는 것을 증명하기라도 하듯이.

특별히 고된 여행이 아니라고 해도 여행지에서 돌아올 때면 얼마간의 달콤한 아쉬움과 안도감이 동시에 느껴진다. 문을 여는 순간 밀려오는 집 냄새와 세간 살림들의 모습은 낯선 듯 익숙하다. 온갖 물건이 꽉 들어찬 캐리어는 한쪽에 밀어 두고 샤워부터 하고 있자면 늘 써 오던 바디용품의 향기가 코끝을 스친다. 몸에 익은 잠옷의 편안함, 내게 꼭 맞는 베개의 높이와 이불의 감촉 같은 것들을 만끽하는 순간 서서히 꿈에서 깨어나는 듯한 감각에 휩싸인다. 바로 여기서부터, 두 번째 휴식이 시작된다.

지치면 맥주를 마시고, 머리가 복잡하면

산책을 합니다. 하지만 제가 늘

곁에 두고 애용하는 무기는 따로 있는데,

그것은 문학입니다.

— 정한팁, 『소설가라는 이상한 직업』(유유히, 2023)

'어떻게 하면 독서량을 늘릴 수 있나요?'

북튜버로 활동하다 보니 어디서든 자주 듣는 질문이다. 상황에 맞는 여러 가지 답변이 준비되어 있지만, 내가 어느 때고 빠짐없이 제안하는 방법이 있다. 약속 시간보다 한두 시간쯤 일찍 도착해 근처 카페에 자리를 잡고 앉아 책을 읽을 것. 책 읽는 것 말고는 딱히 할 일도 없고, 일정을 마치기 전이라 집으로 돌아갈 수도 없으며, 약속 시간에도 늦지 않을 수 있으니 이 얼마나 멋진 일석삼조인가.

독서량을 늘리기 위한 수단으로 소개하고 있기는 하지만, 나는 이 순간을 사랑해 마지않는다. 약속 장소 근처에 있는 카페를 찾고, 커피와 디저트를 주문한 뒤 의자에 앉아 한숨 돌리고, 가지고 나온 책을 열심히 읽다가 10분 일찍 약속 장소로 들어서는 게 내 패턴이다. 업무 미팅이어도 마찬가지다. 이 시간을 너무 사랑한 나머지 일정 전후로 여유를 내기 힘든 날엔 찝찝한 기분마저 든다. 준비운동 없이 찬물에 뛰어드는 기분이랄까.

내일은 저녁 6시에 북토크 일정이 잡혀 있다. 다행히 일정 전에 두 시간쯤 여유도 있다. 소풍을 앞둔 아이가 과자를 고르는 마음으로 내일 읽을 책을 고른다. 출간되자마자 사 놓은 책이 눈에 뜨인다. 무척 좋아하는 작가의 신작이다. '그간 자꾸만 손이 가려는 걸 참느라 애를 먹었지……' 웃음이 슬슬 비어져 나온다. 책을 가방에 넣으며 확신한다. 내일도 멋지게 일하고, 멋지게 쉬게 되리라는 것을.

이가 흔들리면 자꾸 혀로 건드려

보고 싶듯이, 나는 이러한 모순을

들쑤시지 않을 수 없다.

— 로빈 윌 키머러, 『이끼와 함께』(하인혜 옮김, 눌와, 2020)

책은 늘 휴식이자 즐거움이 되어 주지만, 가끔은 나를 곤란하게 만들기도 한다. 어떤 책들은 읽는 이의 마음을 불편하게 한다. 예컨대 『달과 6펜스』에서 여성을 도구화하는 스트릭랜드가 예술가의 전형처럼 여겨질 때, 『그리스인 조르바』에서 남자를 유혹하는 방탕한 과부들이 맞거나 죽어도 마땅한 존재처럼 그려지는 것을 볼 때 그렇다. 여성의 존재를 타자화하며 납작하게 그려내는 작품들, 폭력을 '예술가의 예민함'이나 '남자다움' 같은 기질적 특성으로 묘사하는 작품들, 소수자를 지우고 차별하는 언어로 가득 찬 작품들을 마주할 때면 마음이 자갈밭이 된 양 거북하고 불쾌해진다.

이런 거북한 책이 고전이면 고전인 대로 괴롭다. 이러한 내용이 옛날 옛적부터 오래도록 사랑받아 왔고 지금도 영향력 있는 담론을 생산하고 있다는 점에서 그렇다. 근작이면 근작인 대로 괴롭다. 이제껏 많은 발전이 이루어졌음에도 이 책의 감수성엔 발전이 없으니까.

작가 이레네 바예호는 "약간의 불편함을 느끼는 것도 책을 읽는 경험의 일부"이며 "안도감보다는 안절부절못함이 훨씬 더 교육적"이라고 했지만, ● 나는 종종 '불쾌한 책'이 주는 피로감과 언짢음에서 벗어나고 싶어진다. 불쾌한 책이 주는 철학적 딜레마에서 벗어나 좀 더 안전해지고 안락해지고 싶다.

바쁘지 않은 마음으로, 온전히 사랑할 수 있는 책들을 더 많이 곁에 두려 하는 요즘이다.

●『갈대 속의 영원』(이경원 옮김, 반비, 2023)

명상 수행의 목적은 깨우침이 아니다.

특별하지 않은 시간들에도 주의를 기울이고

오로지 현재에만 존재하고 현재의 마음 챙김

상태를 일상생활의 모든 일에서도

그대로 유지하는 것이 그 목적인 것이다.

— 피터 매티슨, 『신의 산으로 떠난 여행』(이한중 옮김, 갈라파고스, 2004)

반려견인 둔둔은 도무지 얌전히 산책하는 법이 없다. 공원을 사방팔방으로 누비며 리드줄을 배배 꼬아 놓거나 발을 걸기 일쑤다. 별안간 산비둘기에게 달려들기도 하고, 벌을 쫓다 화들짝 놀라기도 하고, 가시나무 덤불에 얼굴을 들이밀기도 한다. 버려진 음식물이나 말라죽은 지렁이도 주워 먹고, 고양이 똥 위에서 뒹구는 바람에 고약한 냄새를 온몸에 묻힐 때도 있다.

사정이 이렇기에 둔둔을 산책시킬 땐 늘 집중해야 한다. 방심하다가는 둔둔이가 다칠 수도 있고, 행인을 방해하는 일이 생길 수도 있기 때문이다. 늘 나보다 앞서 나가는 둔둔이의 궁둥이를 주시하며, 모든 주의를 집중해 걸어야 한다.

말만 들으면 꽤나 피곤한 산책일 것 같지만, 의외로 이 시간은 일상에 커다란 쉼표를 제공한다. 둔둔이의 존재와 그 움직임에만 집중하는 동안 머릿속을 맴돌던 복잡다단한 생각들이 싹 사라지기 때문이다.

세계적인 명상 전문가 존 카밧진은 마음 챙김 명상의 수행법 중 하나로 "자발적 단순함"을 제안한다. 그가 말하는 자발적 단순함이란, "의도적으로 한 번에 한 가지 일만 하고 내 자신이 지금 이 순간 여기에 오로지 그 일만을 위해 존재하는 것"●이다.

그러니까 둔둔이의 빵실빵실한 궁둥이를 하염없이 바라보다 일상의 잡다함을 잊는 일은 마음 챙김 명상을 수행하는 것과 다름없다. 산책은 반려견에게도 가장 행복한 시간이니 일석이조라 하겠다. 귀찮아하거나 미룰 이유가 전혀 없다.

● 존 카밧진, 『존 카밧진의 왜 마음 챙김 명상인가?』(엄성수 옮김, 불광출판사, 2019)

하지만 이제 곧 흰 눈도 녹고, 식물들도

눈을 뜨고, 따듯해진 땅 위로 수선화와 히아신스,

스노드롭 같은 풀들의 초록 싹이

얼굴을 내밀겠지요. 아, 정말 기다려집니다.

— 타샤 튜더, 『아름다운 나의 정원』(김용지 옮김, 아인소화우스, 2012)

앞에서 밝힌 이유 때문에 둔둔이와 함께하는 산책 중에는 최대한 집중해야 하지만, 봄이 되니 어쩔 수 없이 꽃나무에 한눈을 팔게 된다. 지난 주말 날이 퍽 따뜻하더니 기어코 매화나무에 꽃망울 이 터졌다. 마른 열매만 매달고 있던 산수유나무에도 노란 꽃이 피었다. 지금부터는 정신을 바짝 차리고, 단 하루도 놓치지 않고 산책을 부지런히 다녀야 한다. 봄꽃이 맹렬히 피어나 하루가 다 르게 변화하는 다채로운 풍경을 선사하기 때문이다. 이제 곧 목 련과 개나리와 벚꽃이 흐드러지게 필 테다. 공원에는 조팝나무 가 팝콘처럼 피어날 테고, 겨우내 바짝 말라 황량했던 나무에서 아카시아 꽃이 만개해 황홀한 향기를 풍길 것이다. 곧이어 라일 락과 장미가 배턴을 이어받아 늦여름까지 그 멋을 뽐내니, 눈과 귀가 쉴 틈이 없다.

봄이 되면 식물의 이름을 더 잘 알고 싶어진다. 이 나무는 무 슨 나무, 저 꽃은 무슨 꽃. 식물을 알아 간다는 건 자신만의 달력 을 가지는 일과 같다. 갖가지 업무들이 빼곡하게 적힌 달력 사이 를 파고들며 꽃과 나무는 자란다. 바야흐로, 시간이 흘러가는 감 각을 가장 아름답게 경험할 수 있는 시절이다.

건강하지 않으면 속도를 따라갈 수 없는 세계지만, 완벽하게 건강한 사람이 존재하는지는 의심스럽다.

— 김원영, 『희망 대신 욕망』(푸른숲, 2019)

기린님의 온라인 글방 모임 첫 시간. 해사한 모습으로 화면 속에 나타난 기린님은 몇 가지 공지사항을 전해 주었다. 글방에는 서로를 존중하고 환대하기 위한 여러 가지 규칙이 있었는데, 그중에서도 특히 인상적인 부분은 화장실에 관한 것이었다.

"중간에 다 함께 휴식 시간을 갖기는 하겠지만 원하실 때는 언제든 화장실에 다녀오세요. 우리의 몸은 모두 다르고, 생체시계도 다 다르니까요."

그의 말을 듣는 순간, 내 인생을 가로질렀던 무수한 쉬는 시간들이 떠올랐다. 50분 안팎의 긴 수업이 끝날 때마다 일괄적으로 주어지던 단 10분의 빠듯한 쉬는 시간. 학생 모두의 생체시계는 그에 맞춰 흘러갔고, 거기에 맞추지 못하면 '자기 방광 하나도 조절 못 하는 애' '게으른 애' '빠릿빠릿하지 못한 애'로 여겨져 핀잔을 듣기 일쑤였다. 각자의 건강 상태, 보행 속도나 사정, 화장실이 배치된 환경 등 우리가 각기 다른 조건을 가지고 있다는 것은 전혀 고려되지 않았던 것이다.

『장애인과 함께 사는 법』을 쓴 작가 백정연은 장애인인 남편과 함께 외출할 때면 평소보다 이동시간이 1.5배에서 2배 가까이 늘어나며, 때에 따라서는 가늠도 할 수 없을 만큼의 시간이 더 소요된다고 토로했다. 뇌 병변 장애를 앓고 있는 장애 당사자이자 변호사인 김원영 역시 저서 『실격당한 자들을 위한 변론』에서 "어린 시절 가장 큰 과제가 '오줌 누기'였다"고 고백하며, "모두가 어디서든 편안하게 오줌을 눌 자격"이 필요하다고 말했다.

함께 걸어가면서도 자신에게 딱 맞는 속도로 휴식을 누릴 수 있다면 얼마나 좋을까. 숨 막히게 구획된 일과 쉼의 영역을 오가느라 억지로 몸을 비틀지 않아도 되는 삶을, 나는 뒤늦게나마 꿈꾸기 시작한다.

이런 희열이 있다는 것도 모른 채,

지구는 돌고 내 인생은 마냥 흘러갔을지

모른다.

— 마녀체력(이영미), 『마녀체력』(남해의봄날, 2018)

한 달 전부터 복싱을 시작했다. 많은 종목 가운데서 복싱을 선택한 결정적인 이유는 두 가지였다. 첫째, 유사시에 내 몸을 지킬 만한 운동일 것. 둘째, 내가 가장 도전하지 않을 법한 새로운 운동일 것. 석 달 치 수업료를 내고 돌아오던 날엔 여러 가지 기대로 마음이 부풀었다. 군살이 빠지겠지, 근육도 붙겠지, 힘이 생기겠지, 곤란한 상황이 생기면 용감하게 한번 맞서 볼 수 있겠지, 하는 생각이 꼬리를 물고 이어졌다.

막상 운동을 시작하고 보니 이런저런 생각을 떠올릴 여유 같은 건 없었다. 3분 운동, 30초 휴식을 반복하는 복싱장의 숨 가쁜 패턴 속에서 그저 제대로 주먹을 뻗고, 다리와 허리를 돌리고, 아직 몸에 익지 않은 권투 리듬을 익히는 데만 집중할 뿐이었다. 그렇게 몸을 움직이고 있자면 마음속에 있던 기대와 불안이 훌렁훌렁 날아갔다. 몸이 달아오르고 머리가 말랑해지는 즐거움. 이게 사람들이 말하는 운동의 재미인가 싶다.

난생처음 운동에 흥미를 느끼는 중이다. 몸을 움직이면서도 쉴 수 있다는 것을, 때로는 이런 동적인 휴식이 가능하다는 것을 몸으로 배워 가고 있는 요즘이다.

"안녕하세요."

"반갑습니다!"

반대편에서는 내 쪽을 향해 크고 명랑한

안부가 건너오기 때문이다.

— 장보영, 『아무도, 산』(크낙북스, 2020)

복싱 체육관 내부는 매우 소란스럽다. 커다란 음악 소리, '원투 원투' 하는 구령 소리, 패드와 샌드백을 치는 소리, 줄넘기가 바닥을 스치는 소리, 숨을 헐떡이는 소리와 앓는 소리가 사방에서 쉴 새 없이 들려온다. 이런 이유로 체육관 안에서는 큰 소리로 말해야만 서로의 목소리를 제대로 알아들을 수 있다.

처음에는 이런 환경이 고역이었다. 워낙 내향적이고 소심한 성격을 가진 나로서는 큰 소리를 내는 일이 매우 쑥스럽게 느껴졌기 때문이다. 인사할 때가 특히 그랬다. 기어들어 가는 목소리로 우물쭈물 인사했다가 아무도 못 듣는 바람에 민망했던 경우도 있고, 내 인사가 제대로 닿았는지 안 닿았는지 몰라 온종일 찝찝해한 적도 있다.

다행스럽게도 지금은 큰 목소리로 인사하는 데 익숙해졌다. 내가 기운차게 "안녕하세요!" 하고 인사하면 관장님도 "왔어?!" 하며 활기차게 화답한다. 운동을 마치고 나서며 큰 목소리로 "안녕히 계세요!" 하면 코치님도 "들어가세요!"라고 대답한다. 혼신의 힘을 다해 쪼끄만 주먹을 휘두르던 꼬맹이들도 덩달아 "안녕히 가세요!" 하고 외치는 소리가 뒤통수에 기분 좋게 따라붙는다.

발신과 수신이 정확한 인사, 찝찝함 없는 인사가 주는 상쾌함이란! 마치 명쾌하게 지어진 매듭 같다. 큰 소리로 인사를 나누고 집으로 돌아오는 길에 목덜미의 땀이 식으며 기분 좋은 서늘함이 느껴진다. 오늘도 개운한 마음으로 단잠에 빠질 수 있을 것 같다.

마음을 차분하게 진정시키는 데는
역시 흔들리지 않는 목표만 한 것이 없나
봅니다. 영혼이 하나의 초점에
지성의 눈길을 고정시킬 수 있으니까요.

— 메리 셸리, 『프랑켄슈타인』(김선형 옮김, 문학동네, 2012)

내가 권투에 흥미를 붙이는 걸 본 짹짹이가 만화 『더 파이팅』을 소개해 주었다. 요즘은 틈날 때마다 이 애니메이션을 사탕 까먹 듯 보고 있다.

늘 학교폭력에 시달리는 소심한 고등학생 일보는 공원에서 구타당하던 중 한 힘센 청년의 도움을 받는다. 그는 촉망 받는 권투선수인 천만우. 만우의 강인함에 반한 일보는 그가 소속된 복싱 체육관에 등록하고, 그날부터 권투에 푹 빠지게 된다. 일보는 이른 아침에도 밤에도, 등굣길에도 하굣길에도 정신없이 연습에 매진한다. 잠자리에 눕거나 밥을 먹다가도 어느새 권투 생각에 빠져들고, 심지어 부상을 회복하는 와중에도 몸을 가만두지 못한다. 그에게는 쉬는 시간과 연습하는 시간이 분리되어 있지 않다. 거의 물아일체의 경지다.

정신과 의사 문요한은 이러한 시간을 '오티움'이라는 단어로 표현한다. 오티움ótīum은 원래 '여가, 휴식'을 뜻하는 라틴어지만, 작가는 '인생에 활력을 제공하는 나만의 휴식과 몰입'이라는 의미에서 오티움의 중요성을 강조한다.

만화 속 일보를 보며, 좋아하는 것에 그늘 없는 마음으로 몰두하는 기쁨에 대해 생각하곤 한다. 나의 모든 일상이 한 점을 향해 전차같이 달려가는 상태. 그러한 불같은 몰입의 순간을 느껴본 사람의 삶은 분명 찬란하겠지. 살면서 한 번쯤은 그런 순간을 맞이해 보고 싶다.

아보카도의 시원한 나무 그늘에서 편안한 마음으로 독서를 하거나 문득 생각이 날 때면 그대로 남태평양의 후미진 해변으로 수영을 하러 갈 수 있는 생활이, 사람을 얼마나 행복한 기분으로 가득 차게 해 주는지를 그들은 알지 못하는 것이다.

― 무라카미 하루키, 『달리기를 말할 때 내가 하고 싶은 이야기』(임홍빈 옮김, 문학사상, 2009)

올해는 여러 사정이 겹쳐 이렇다 할 휴가를 보내지 못하고 여름을 지낼 공산이 크다. 충분히 쉬어 가며 일하고 있으니 휴가 한 철 못 보내는 게 큰 타격이 되진 않겠지만, 딱 한 가지 그리운 것이 있다. 바로 호텔의 야외 수영장이나 해변에서 보내는 한낮의 휴식이다.

휴양지의 수영장과 해변은 참 묘한 장소다. 수영해도 좋고, 한숨 늘어지게 낮잠을 자도 좋고, 책을 읽어도 좋고, 대화를 나눠도 좋고, 멍하니 앉아 있어도 좋다. 따뜻한 카페오레도, 시원한 맥주도, 화려한 색깔의 칵테일도, 투명한 물도 모두 잘 어울린다. 한낮의 열기를 식히며 찬물 속으로 첨벙 뛰어들어도 좋고, 해질 무렵 하루의 여독을 풀며 슬며시 몸을 담가도 좋다. 하루키의 말대로 이 모든 것들은 사람을 행복한 기분으로 가득 차게 해준다.

글을 쓰며 머릿속으로 풍경을 그려보는 것만으로도 몸이 다는 기분이다. 올해는 어렵지만 내년에는 휴양지에 가 볼 수 있겠지, 기대하며 군침을 꿀꺽 삼켜 본다.

그래서 사람을 좋아하게 되면,

잃고 싶지 않으니까 무리를 하게 돼요.

좋은 모습만 보이고 싶어서.

— 최은영, 『아주 희미한 빛으로도』 「일 년」(문학동네, 2023)

"제일 자신 없는 일이 뭔가요?"

누가 묻는다면 이렇게 대답하겠다.

"재미있게 말하는 거요."

나는 도무지 재미있게 말할 줄을 모른다. 똑같은 얘기를 해도 맛깔나게 좌중을 휘어잡는 사람이 있는가 하면 내 경우에는 정반대다. 내가 말할 때마다 미묘하게 가라앉는 분위기를 알아채고는 남몰래 부끄러워할 때도 많다. 이런 이유로 사람들을 만날 때면 늘 무리하게 된다. 나와 함께 있는 시간을 저 사람이 지루하게 느낄까 봐 노심초사하는 마음이 가시질 않는다. 이따금 분에 넘치게 애쓰는 날에는 꼭 후회한다. '그 얘기는 하지 말걸, 너무 오버한 거 아닐까' 하면서 말이다.

좋은 이미지를 남기고 싶다는 욕심과 부담감이 잦아든 것은 첫 번째 책 작업을 함께 한 편집자님의 이야기를 듣고 나서부터다. 그녀는 나의 고민을 듣더니 차분하면서도 힘 있는 목소리로 말했다.

"오후 두 시의 라디오와 새벽 두 시의 라디오는 다르잖아요. 클래식 방송과 에프엠포유가 다르고요. 오후 두 시 라디오의 활기에 이끌려서 방송을 듣는 사람이 있다면, 새벽 두 시 라디오의 차분함이 좋아 방송을 듣는 사람도 있을 거예요. 작가님은 새벽 두 시의 라디오 같은 사람인 거죠."

그날의 대화 이후, 나는 가끔 스스로를 새벽 두 시의 라디오라고 상상한다. 거기에 이끌려서 오는 사람들이 있을 거라고 생각하면 조급해지려는 마음에 한소끔 여유가 생긴다. 저 혼자 버둥거리지 않는 만남은 생각보다 즐겁고, 나는 타인과의 교류 속에서도 편안할 수 있다는 사실을 조금씩 배워 가는 중이다.

버려야 할 것들을 고르고 또 고르다가

마지막까지 버릴 수 없는 것이 커피인 것을

알았다.

— 정은, 『커피와 담배』(시간의흐름, 2020)

업무를 할 때나 독서를 할 때 반드시 갖춰 놓는 필수품이 하나 있다. 바로 커피다. 흡연자들이 업무 사이사이 담배를 태우며 한숨을 돌리듯, 나는 커피를 한 모금씩 홀짝거리는 것으로 작은 쉼표를 찍곤 한다. 문제는 온종일 거푸 마시는 커피 때문에 종종 속이 쓰리고 잠이 안 온다는 거다. 카페인에 그다지 예민하지 않은 편인데도 마시는 양이 워낙 많으니 이런 부작용이 따라오는 모양이다.

속 쓰림과 불면이 생긴 이후 한동안 차와 탄산수, 물을 오가며 방황해 보았지만 커피만큼 위안이 되는 음료를 찾기는 힘들었다. 거듭 탐색한 끝에 결국 디카페인 커피에 정착했다. 커피에 따르는 부작용은 줄이고, 맛과 향은 그대로 느낄 수 있으니 제법 만족스러운 대안이다.

가끔은 이렇게 몸을 비틀어 가며 좋아하는 것과 일상의 마찰을 줄여야 한다. 행복을 지속 가능하게 만들어 두고 오래오래 끌어안기 위해서다.

죽는 날까지 좋아하는 물건을 쓰고 싶다.

예쁘고 세련된 잠옷도 잔뜩 샀다.

보고 싶은 DVD도 착착 사들였다.

— 사노 요코, 『사는 게 뭐라고』(이지수 옮김, 마음산책, 2015)

살면서 싫은 것보다 좋은 것을 더 많이 만들려고 노력한다. 그리고 좋아하는 것을 만나면 반가운 마음을 표현하는 데 주저하지 않는다. 그것들이 나를 기쁘게 하니까.

일상에서 나를 즐겁게 해 주는 것들은 이런 것들이다. 볕을 쬐며 앉아 있는 비둘기, 트럭 뒤에 붙은 왕눈이 스티커, 물이 잘 빠지는 개수대, 공원에서 아이들이 부는 비눗방울, 갓 잠에서 깬 둔둔이의 말랑하고 따듯한 배, 하천을 유유자적 떠도는 오리 한 무리, 잠에서 깨고도 침대에 그대로 누워 기분 좋은 꿈을 연장하는 일, 누군가에게 '네가 나오는 꿈을 꿨어'라고 말해 주는 일, 들뜨지 않고 조이지도 않는 편안한 속옷, 인센스(향)를 피웠을 때 향이 뭉치지 않고 고르게 방안으로 퍼지는 것, 머리를 자른 후 열흘쯤 지나 가장 보기 좋은 상태가 되는 것, 조심스럽게 문을 닫는 사람, 연민의 중요성과 한계를 동시에 아는 이와 미래를 그려 보는 것, 호텔에 들어가 커튼을 사르륵 걷을 때의 설렘, 다음날 일정이 없는 상태로 좋아하는 사람과 밤늦게까지 떠는 수다, 그러고는 느지막이 일어나 내려 먹는 커피 한 잔.

퍽퍽한 일상에서 좋아하는 것을 맞닥뜨릴 때면 답답하고 꿉꿉했던 집을 환기할 때와 같은 상쾌함이 느껴진다. 그래서 부지런히 좋아하는 것들의 목록을 늘려 가는 중이다. 필요할 때면 언제라도, 맑고 개운한 마음이 될 수 있도록 말이다.

명심해.

꽃밭에서는 절대로 돈이 나오지 않아.

— 정지돈, 『언러키 스타트업』(민음사, 2022)

세상에 고단하지 않은 돈벌이가 어디 있겠느냐만, 비수기를 맞은 프리랜서의 마음고생은 자못 심각하다. 일이 없어 강제적 백수라도 되는 달엔 몸은 쉬고 있어도 마음이 미칠 것만 같은 상태가 된다. '이대로 굶어 죽으면 어떡하지. 영영 일자리를 잃어버리는 게 아닐까. 이럴 게 아니라 당장 알바라도 구해야 하나.' 마음이 들끓는 기름처럼 부글거린다.

　프리랜서가 다시 광명을 찾을 수 있는 방법은 당연히 일을 하는 것이다. 잠잠하던 메일함에 새로운 업무 제안이 날아들고, 여기저기서 문자가 오기 시작하면 프리랜서는 병석을 떨치고 자리를 박차며 일어난다. 쏟아지는 업무를 차례로 수락하며, 프리랜서는 바빠지리라는 것을 예감한다. '아, 이제 꼼짝없이 일만 해야겠구나. 일을 다 수락해 버렸으니 큰일이네. 한동안 눈코 뜰 새도 없이 바쁘겠어.' 폭풍 같은 분주함을 예감하면서도 끝끝내 입꼬리에는 미소가 지어진다. 육체의 노동이 확정될 때, 정신은 그제야 편안함을 찾는 것이다. 먹고사는 일의 패러독스다.

쉴 수 있는 시간이 없을 때가
바로 쉬어야 할 때이다.

— 시드니 J. 해리스

앞서 말했듯, 프리랜서의 가슴속에는 이런 불안이 내재해 있다. '찾아 주는 사람이 없어지면 끝이다. 물 들어올 때 노 저어야 한다. 가만히 있으면 가라앉는다. 오래 쉬면 도태된다.' 이는 불규칙한 업무량과 수입이 만들어 낸 부작용이다.

이런 불안감은 곧잘 과로로 이어진다. 일과 쉼의 밸런스를 찾지 못한 프리랜서의 삶은 빈곤과 불안, 풍요와 과로로 짝지어진 바퀴를 굴리며 덜컥덜컥 나아간다.

때로는 불안감이 도를 지나쳐 브레이크가 고장 나기도 한다. 내가 나를 혹사하고 있을 때, 꾸역꾸역 굴러가는 바퀴가 빠개져 동서남북으로 날아가 버릴 것만 같을 때, 나는 몇몇 글귀를 떠올리려 노력한다.

첫 번째는 공사장의 현수막에서 발견했다. 건물 전체를 뒤덮는 현수막에는 이렇게 쓰여 있었다.

"우리 현장에 다쳐 가면서까지 할 일은 없습니다."

두 번째는 춘천의 어느 호프집 문 앞에 붙어 있었다.

"쉬는 날: 가끔 지치고 힘들 때~ ^^"

나는 이 두 글귀를 통해 나를 해치며 일하지 않아도 된다는 사실을, 지치고 힘들 때는 하던 일을 미련 없이 내려놓고 (웃으며) 쉬어야 한다는 사실을 되새긴다. 프리랜서로 살아가는 나의 복무 신조다.

'어떻게 쉬는 거였더라?'

그렇게 바보처럼 되묻게 되는 것이다.

— 서윤후, 『그만두길 잘한 것들의 목록』(바다출판사, 2021)

보컬 레슨을 하다 보면 숨이 넘어갈 것처럼 노래하는 학생들을 자주 만나곤 한다. 숨을 들이쉴 생각은 않고 온몸에 힘을 주어 소리만 지르다가는 탈이 나게 되어 있다. 숨이 가빠 리듬을 놓치기도 하고, 급한 숨을 몰아쉬다 사레들려 기침을 하며 헐떡이기도 한다. 노래의 흥과 맛이 떨어지는 것은 당연하다.

"숨 쉬어야지, 숨!"

반주를 멈추고 호흡을 지적하면, 학생들은 벌겋게 달아오른 얼굴로 이렇게 대답하곤 한다.

"어디에서 어떻게 쉬어야 할지 모르겠어요."

그럴 때면 나는 이런 방법을 제시한다.

"원곡을 잘 들어 봐. 이 가수가 숨을 쉬는 곳에서 너도 똑같이 쉬어 보는 거야. 악보에 표시해 놓고 바로 그 구간에서 숨 쉬는 연습을 해 봐."

그렇게 연습을 거듭하다 보면 학생들은 점차 숨 쉬는 타이밍을 익히기 시작한다. 원곡의 쉼표를 그대로 따라 하는 게 익숙해지면 이윽고 자신에게 딱 맞는 숨 쉴 구석을 찾아낸다. 그때부터는 한결 매끄러운 노래를 들을 수 있다.

쉬는 법을 모르겠다는 워커홀릭들을 종종 마주한다. 그들은 말한다. 쉬어도 쉬는 것 같지 않다고. 어떻게 해야 진짜로 쉴 수 있는지 모르겠다고. 휴식이 막막하게 느껴질 때면 타인에게 잠시 눈을 돌려 보면 어떨까. 누군가는 안식년을 갖고, 누군가는 매일 조용히 산책을 한다. 명상이나 요가를 하기도 하고, 사랑하는 사람들과 어울리며 기운을 북돋는 사람도 있을 테다. 다른 사람들이 각자 어떤 방식으로 삶에 쉼표를 찍고 있는지, 그 쉼표가 삶을 얼마나 윤택하게 해 주는지를 눈여겨보다 보면 어느새 쉼에 대한 감각을 되찾을 수 있을 것이다.

그래, 늦지 않게 불을 켜 줘야지.

너무 어두워지지 않게.

— 이서수, 『헬프 미 시스터』(은행나무, 2022)

네 가족이 함께 살던 시절, 엄마와 나는 해 질 무렵만 되면 늘 가슴이 벌렁거렸다. 엄마의 외출을 사사건건 단속하던 아빠가 저녁나절만 되면 눈을 시퍼렇게 뜨고 엄마를 찾았기 때문이다. 장을 보러 갔건, 동네 아주머니와 커피 한잔을 하건, 일 때문에 나갔건, 아빠는 이유 불문하고 엄마의 외출을 타박했다. 납득 불가능한 화가 극에 달하면, 아빠는 현관문을 굳게 걸어 잠가 버린 채 나와 언니에게 엄포를 늘어놓았다. "문 절대로 열어 주지 마."

그렇게 보낸 저녁들은 그야말로 지옥 같았다. 밖에 있는 엄마와 안에 있는 내가 어쩔 줄을 모르고 전전긍긍하는 동안 불안이 뼛속 깊숙이 새겨졌다.

엄마는 이혼한 뒤로도 한참이나 해가 질 무렵이면 불안을 느꼈다고 했다. 언제라도 문을 열고 들어갈 수 있는 집이 있는데도, 화가 나면 걸쇠를 걸어 잠그는 존재가 더 이상 없는데도 가슴이 두근거렸다고. 한동안 같은 증상을 겪었기에 나는 단번에 엄마의 말에 공감할 수 있었다.

이제 우리 모녀는 해가 져도 불안해하지 않는다. 원할 때면 언제든 나가고 들어온다. 폭력의 그림자가 지워진 집에서, 우리는 집의 편안함을 온전히 만끽한다. 마음에 드리워졌던 불안과 어둠이 더 짙어지기 전에 안온함을 찾을 수 있게 되어 얼마나 다행인지 모른다.

한 번 트인 귀는 막히지 않고 사람은

쉽사리 변하지 않으며 상한 마음과 망가진

관계는 고치기 힘들다.

— 정소현, 『가해자들』(현대문학, 2020)

내가 사는 지역은 신도시의 빌라 촌으로, 이곳에는 크고 작은 다세대주택들이 와글와글 모여 있다. 건물들 사이의 간격은 대체로 매우 좁아서 우리 집과 이웃집 역시 한집인가 싶을 정도로 가까이 붙어 있다. 이쪽 집의 거실과 안방 창문이 저쪽 집의 테라스와 얼굴을 마주하는 구조다.

바로 그 이웃집에 얼마 전 새로운 가족이 이사를 왔다. 이들은 곧장 테라스 가꾸기에 돌입한 듯했다. 며칠 새 테라스에는 커다란 텐트가 생기고, 알전구가 달리고, 의자와 테이블과 블루투스 스피커가 놓였다. 그들의 테라스가 완벽에 가까워질수록 내 고통은 커져만 갔다. 새벽까지 테라스에 앉아 먹고 마시며 떠드는 소리, 스피커에서 흘러 나오는 음악 소리, 밤새도록 꺼지지 않는 알전구의 불빛이 나를 수시로 괴롭혔다. 하루는 창문을 뚫고 들려오는 음악 소리가 너무 커서 '조금만 볼륨을 낮춰 달라'고 했더니, 그날 이후로 이웃집 사람들이 나의 출현을 눈에 띄게 불편해하는 기색이다. 내가 환기라도 할까 싶어 창문을 열면 금세 굳어진 얼굴로 시선을 피하곤 한다.

그들의 불편함을 이해 못 하는 것은 아니다. 저 넓은 테라스를 왜 즐기고 싶지 않겠는가. 내가 그들의 테라스를 훤히 내려다 볼 수 있다는 것이, 나 때문에 하고 싶은 걸 다 못한다는 것이 퍽 불쾌할 것이다. 하지만 나로서는 내 집 안방과 거실에서만큼이라도 방해받지 않고 편히 쉬고 싶다.

한 치도 양보할 수 없는 팽팽한 긴장감이 2미터 간격의 건물 틈새로 파고든다. 우리는 각자의 집에서 편안함과 안락함을 누리고 싶은 딱 그만큼, 계속해서 서로를 미워하며 살게 될 것 같다. 은근히, 그리고 집요하게.

재미없다는 걸 빤히 알면서도 하릴없이 스크롤을 멈추지 못했다. 화면 아래쪽에 행여 숨어 있을, 어쩌면 소중할지도 모를 정보를 끝없이 길어 올리는 중이었다.

— 황모과, 『서브플롯』(은행나무, 2023)

"아니, 너 왜 이걸 다 아는데? 진짜 미치겠다!"

친구 수정이 숨넘어갈 듯 웃으며 말한다. 수정과 나는 종종 SNS로 웃긴 동영상이나 사진들을 공유하며 노는데, 그가 보내 주는 게시물들, 소위 말하는 '짤'들을 내가 이미 다 알고 있다는 점이 수정을 놀라게 한다. 그의 말대로 나는 인터넷에 떠도는 웬만한 인기 동영상들이나 밈들의 내용을 줄줄 꿰고 있다. 이유는 뻔하다. SNS에 머무는 시간이 길기 때문이다.

나는 하릴없이 자꾸만 SNS를 둘러본다. 대중교통을 이용할 때도, 일을 하다 짬이 날 때도, 밥을 먹을 때도, 잠자리에 누워서도 한참이나 휴대폰을 들여다본다. 스쳐 지나가는 게시물 중 대부분은 이미 본 것들이지만 그래도 계속해서 새로운 영상과 이미지들을 탐색한다. 눈에 띄는 게시물을 발견하면 친구들에게 공유도 한다.

그러나 아이러니하게도 나는 그렇게 보내는 시간을 좋아하지 않는다. 심지어 이것은 내가 가장 싫어하는 부류의 휴식이다. 쉬어도 쉰 것 같지 않고, 눈과 머리와 목과 어깨를 혹사하며, 정신이 산만해지고, 해야 할 일을 끊임없이 미루게 되고, 온갖 자극적인 정보 때문에 마음이 복잡해지는 부작용까지 뒤따른다. 파편화된 정보들에 끊임없이 노출되는 동안 육체는 피로해지고 시간은 잘게 부서져 흩어지고 만다. 남는 것은 생기를 잃고 바싹 말라 버린 일상뿐. 휴대폰을 쥔 채로 푸석푸석 부서져 버리기 전에 정신을 차려야 한다.

나는 지금 핸드폰을 거실 소파에 던져 놓고 안방에 들어와 이 글을 쓰고 있다. 적당히 재미있고, 적당히 무의미하며, 적당히 간편한 저 요물에 맥없이 홀려 버리지 않으려면 앞으로도 부단한 저항이 필요할 것만 같다.

마음공부나 수행은 결국에는

나를 긍정하는 일입니다.

— 디아, 「나에게 다정해지기로 했습니다」 (카시오페아, 2022)

앞서 SNS에 대한 이야기가 나왔으니 말인데, 여기에는 또 하나의 치명적인 부작용이 있다. 바로 SNS가 나의 열등감을 부추긴다는 점이다.

정지우 작가의 책 제목처럼 '인스타그램에는 절망이 없다'. 그곳에는 나보다 잘난 사람들이 바글바글 모여 있다. 돈 잘 버는 사람, 아름답고 날씬한 사람, 똑똑한 사람, 멋진 커리어를 가진 사람 등등. 그들이 내뿜는 빛이 너무 밝아서 내 마음속에는 늘 그림자가 진다. '나만 빼고 세상 사람들 다 잘 사는 것만 같네, 나는 왜 서른이 훌쩍 넘도록 이 모양 이 꼴이지?' 자기 비하로 우중충해지는 마음을 감출 길이 없다. SNS의 이미지란 대부분 선택되고 연출된 장면임을 안다고 해도 뒤틀린 마음은 쉽게 사라지지 않고, 어리석은 속앓이가 한동안 이어진다.

열등감이라는 잡초가 마음에 자라나면 일상은 쑥대밭이 된다. 특히 가장 큰 피해를 보는 것은 쉬는 시간이다. 자기 비하로 굴절된 시선 안에서는 나의 모든 휴식이 도태를 예비하거나 증명하는 시간으로 변모한다. 예컨대 '저 사람도 저렇게 열심히 사는데 나는 놀고 있네, 이렇게 놀고 있으니까 뒤처지지, 사람들이 나를 찾지 않으니 이렇게 놀고 있구나' 하는 식이다.

열등감에 잠식되어 버린 휴식을 되찾으려면 역시나 부단한 노력이 필요하다. 오늘도 나는 핸드폰을 거실 소파에 던져 놓고 안방에 들어와 이 글을 쓰고 있다.

기쁘지도 슬프지도 않아요.

아무 감정도 없어요.

물을 밀어내면서 오늘 있었던 일을

밀어내요.

— 박찬욱 외, 『헤어질 결심 각본』(을유문화사, 2022)

자려고 누우면 온갖 생각이 밀려온다. 대개는 부정적인 생각들이다. 밀린 일, 욕구만 앞서고 좀체 움직이려 하지 않는 몸, 그 간극을 원망하며 보낸 시간, 하루 동안 잘못한 일이나 생각 없이 뱉은 말 등이 줄줄 생각나 꼬리에 꼬리를 문다. 그렇게 썩은 동아줄을 잡고 밑으로 밑으로, 기억의 깊은 곳으로 내려가다 보면 결코 떠올리고 싶지 않으며 떠올릴 필요도 없는 것들까지 기어코 생각나고 만다. 과거에 만났던 최악의 연인과 내가 한 어리석은 실수들, 얼굴을 떠올리는 것만으로도 끔찍한 사람들, 온갖 열 받는 일들. 내가 자초한 이 지옥에서 벗어나고 싶지만 이미 떠오른 생각을 지워 내는 것은 쉽지 않기에 평온한 밤은 멀어져만 간다.

그럴 때면 명상 앱을 켜고 '바디 스캔'을 한다. 편안한 자세로 누워 성우의 목소리를 따라 몸의 구석구석에 집중하는 거다. 발가락과 발등과 발목, 종아리와 허벅지, 침대에 닿은 엉덩이와 허리와 날개뼈에 순서대로 정신을 집중한다. 어깨와 목덜미에 이르면 내가 얼마나 긴장하고 있었는지 알아차릴 수 있다. 움츠려 있던 어깨를 펴고, 꽉 깨물었던 턱에 힘을 푼다. 이렇게 몸에 집중하고 있자면 어느샌가 고요히 뛰는 맥박을 느낄 수 있다. 그 미동과 함께 악몽은 물러가고 단잠이 찾아온다.

인간의 뇌는 부정형의 명령을 인식하지 못한다고 한다. 즉 '○○을 하지 마'라는 주문은 소용이 없다는 거다. 원치 않는 생각들이 떠올라 자꾸만 나를 괴롭힐 때 '생각하지 마!' 하며 나를 다그칠 게 아니라, 정신을 다른 곳에 붙잡아 두는 게 효과적이다. 내 손바닥 발바닥에, 내 인중과 미간에, 내 몸에 말이다.

아픈 사람들이

강해지는 밤이 온다.

— 서윤후, 『휴가저택』(아침달, 2018)

동료를 찾습니다.

무작위로 떨어지는 번개를 몸소 끌어다 맞는 피뢰침 같은 사람들을,

사람들이 한 번만 꾹 눌러 봐도 금세 멍이 드는 물렁한 황도 같은 사람들을,

아무 데로나 던져지는 돌까지 꾸역꾸역 쫓아가 기어코 맞고 마는 미련한 개구리 같은 사람들을,

스쳐 지나간 작은 생채기까지 떠올려 꼭꼭 씹고 되새기느라 마음 쉴 틈이 없고,

까맣고 고요한 어둠이 내려앉은 방안에서 오직 내 마음만 홀로 소란한 사람들을,

그러나 이러한 마음의 분주함이 언젠가는 더 큰 단단함을 만들 거라 믿는 사람들을,

"비애로 가는 차, 그러나 나아감을 믿는 바퀴"● 같은,

나와 같은 동료들을 찾습니다.

● 허수경, 『혼자 가는 먼 집』 중 「꽃 핀 나무 아래」(문학과지성사, 1992)

나는 술 마시는 느낌을 사랑했고,

세상을 일그러뜨리는 그 특별한 힘을 사랑했고,

정신의 초점을 나 자신의 감정에 대한

고통스러운 자의식에서 덜 고통스러운

어떤 것들로 옮겨 놓는 그 능력을 사랑했다.

― 캐럴라인 냅, 『드링킹, 그 치명적 유혹』(고정아 옮김, 나무처럼, 2017)

밤 열 시쯤 되면 일을 마무리하는 손이 바빠지고 마음이 조급해진다. 벌려 둔 일들을 얼른 마치고 야식과 함께 맥주 한 잔을 즐기고 싶다는 생각 때문이다. 늘 이 순간을 고대하는 마음으로 하루를 버틴다. 그날그날 기분에 맞춰 술을 고르고, 어울리는 안주를 준비하고, 찜해 두었던 영상을 틀어 놓고 두어 시간쯤 혼자 먹고 마시는 시간. 주머니 사정이 궁핍해지고 뱃가죽이 두툼해진다는 단점이 있지만 좀처럼 이 시간을 포기할 수가 없다.

음주가 선사하는 이완의 느낌은 매혹적이다. 마치 반신욕을 하는 것 같다. 팽팽하게 긴장했던 몸과 마음이 나른하게 늘어지고 녹아내린다. 한 잔 두 잔 술을 비우는 사이 신경을 곤두서게 했던 일들이 노곤해진 정신 너머로 아득하게 사라지고, 그 빈자리를 시원 쌉쌀한 술과 미각을 자극하는 맛있는 음식과 유쾌한 볼거리가 채운다.

하지만 이 많은 장점에도 불구하고 나는 최근 술과 함께하는 휴식에 다소 위기의식을 느끼고 있다. 이 글의 첫 문장으로 돌아가 보자. 술을 마실 생각에 '손이 바빠지고 마음이 조급해진다'면 문제가 있는 게 아닌가? 저녁마다 '오늘은 안 마셔야지, 참아야지' 하면서도 끝끝내 맥주 캔에 손을 뻗고 마는 나는 휴식과 중독의 경계에 서 있는 것 같다. 중독으로 더 기울지 않도록, 내가 휴식을 즐길 수 있도록 다독이며 나아가야 할 때인 것 같다.

하지만 이런 생각들조차 내가 계속

술을 마시고 싶어서 필사적으로 머리를

짜낸 결과일지도 모른다.

— 박미소, 『취한 날도 이유는 있어서』(반비, 2021)

침대에 누워 실제로 잠이 들기까지 나는 꽤나 긴 시간을 필요로 한다. 머릿속에 떠오르는 오만가지 생각을 애써 물리치며 두어 시간쯤을 보내야 겨우 잠에 드는 것이다. 매일 되풀이되는 불면 때문에 괴로워하던 나는 좀 비뚤어진 해결책을 찾고야 말았는데…… 바로 술이었다. 밤에 마시는 한두 캔의 맥주는 나를 신속하게 꿈나라로 보낼 수 있었다. 몽롱해진 상태로 호로록 잠에 빠져들 때면 마음에 평화가 찾아들었고, 심지어는 시간을 아낀 기분까지 들었다. '일찍 잠든 만큼 수면 시간이 늘어난 거지' 하면서 말이다.

실상은 어떤가. 사실 음주는 수면의 질을 떨어뜨린다. 빠르게 잠에 빠지는 데는 도움이 될지 모르겠으나 밤새 알코올을 분해하는 과정에서 각성 상태에 이르게 되고, 이뇨 작용도 활발해지며(침대 맡에 발가락을 찧어 가며 더듬더듬 화장실을 찾아가던 수많은 밤들이 떠오른다), 수면 무호흡증이나 코골이도 심해지기 때문이다.

휴식과 중독을 가르는 한 끗 차이의 경계선에서 나는 여전히 줄다리기를 하고 있다. 술의 매력에 위태롭게 기대는 대신 조금 더 안전하고 건강하게 쉴 수 있길 간절히 바라며, 이 밤을 맞이해 본다.

잡초며 먼지덩이며 녹슨 못대가리를

애지중지 건사해 온 폐허

온몸 거미줄로 영롱하노니

— 김소연, 『눈물이라는 뼈』 중 「이것은 사람이 할 말」(문학과지성사, 2009)

폐허가 된 곳을 보면 속절없이 마음을 빼앗기곤 한다. 철거가 예정된 동네나 허물어진 건물, 버려진 공터, 삐죽 튀어나온 철근과 가장자리부터 무너진 콘크리트 벽, 문이 있던 이제는 휑하게 뚫린 자리, 녹슨 놀이기구, 탁한 물이 고인 바닥과 간간히 새어 들어오는 빛, 그 틈새로 부유하는 먼지 같은 것들 앞에서 멈추는 발길을 어쩔 수 없다.

원래의 용도와 모양새를 잃은 채 서 있는 것들은 버려진 것처럼 보이기도 하고 쉬고 있는 것처럼 보이기도 한다. 때로는 손쓸 도리 없이 죽어 버린 것 같기도 하다. 하지만 허물어짐이 드러내는 공백은 무엇인가가 거기에 있었음을, 거기에서 찬란하게 존재했음을 알리고, 나는 그것들의 전생과 현재를 조심스레 가늠해 본다. 그리고 뒤이어 미래까지 떠올린다. 잠깐의 휴식일지, 새로운 모습으로의 변화일지, 완전한 안녕일지 모를 미래를 상상하며 폐허를 등지고 돌아서는 것이다.

내 사정이란 대관절 무엇인가.

눈 내림이다.

— 은유, 『다가오는 말들』(어크로스, 2019)

032

연휴였던 나흘 내내 비가 왔다. 그것도 꽤나 많이. 약속이 잡혀 있던 터라 집을 나서긴 했는데, 금세 몸도 마음도 엉망진창이 되고 말았다. 빗물이 튄 바지 끝단은 온통 얼룩덜룩해졌고, 반 곱슬인 머리가 애써 드라이한 보람도 없이 꼬불꼬불 부풀어 오른 데다 화장도 지워지고, 몸은 끈적해지고…… 퍼붓는 비가 원망스럽기 그지없었다.

집으로 돌아오는 길. 잔뜩 구겨진 마음으로 신호가 바뀌길 기다리다 맞은편 카페에 앉은 한 여자를 보게 되었다. 홀로 앉은 그의 손에는 스마트폰도, 책도 들려 있지 않았다. 그는 그저 창가에 앉아 떨어지는 빗방울을 하염없이 바라보고 있을 뿐이었다. 커다란 머그잔을 앞에 둔 채 비 구경을 하는 그의 모습이 무척 안온하고 행복해 보였다.

'좋겠다. 참 좋아 보이네.'

그의 우중 휴식을 내심 부러워하는 동안 문득 깨달았다. 나도 원래는 비를 퍽 좋아하는 사람이라는 사실을. 나는 비 냄새도 좋고, 비 구경도 좋고, 달아오른 도시를 식히듯 순식간에 쏟아붓는 소나기도, 밤새 조용히 내리는 부슬비도 좋아한다. 내가 비 오는 날의 그 모든 정서를 까맣게 잊은 채 온종일 종종대고 있었던 거다.

오늘이 가기 전에, 이 비가 그치기 전에 단 한 번이라도 비 오는 날의 멋짐을 만끽하고 싶어진 나는 종종걸음으로 집으로 돌아왔다. 곧장 젖은 옷들을 훌렁훌렁 벗어 버린 후 서늘해진 몸에 따뜻한 물을 끼얹었다.

"아, 좋다!"

짐짓 소리 내 탄성을 내뱉어 보았더니 진짜로 모든 것이 좋아지는 듯했다. 비 오는 날의 또 다른 묘미다.

할 일을 미루는 사람도 어딘가에서는

시작을 해야 한다

(시작을 할 수 있다면 말이지만).

— 앤드루 산텔라, 『미루기의 천재들』(김하현 옮김, 어크로스, 2019)

자주 꾸는 꿈이 있다. 꿈속의 나는 무언가 중요한 일을 앞두고 있지만 전혀 준비가 되지 않은 상태다. 악보도 못 읽으면서 오케스트라의 지휘를 맡기도 하고, 강의 준비가 덜 된 채 대형 강당에 연사로 오르기도 한다. 비슷한 맥락으로, 얼마 전에는 이런 내용의 꿈을 꿨다.

　나는 막이 오르기 직전의 무대 뒤편에 있다. 출연자들은 모두 로코코 풍의 드레스를 갖춰 입고 연극에 임할 준비를 하고 있다. 관객이 빼곡하게 들어찬 관객석을 건너다보는 사이 누군가 내게 소리친다. "뭐 하고 있어? 얼른 올라갈 준비 안 하고!" 곧 무대에 올라야 하지만 내게는 의상도, 가발도 없다. 심지어는 대본도 외우지 못한 채다. 식은땀을 뻘뻘 흘리던 나는 이내 패닉에 빠지고, 무대에 등 떠밀려 올라가는 순간 몸서리치며 꿈에서 깨어난다.

　숱한 경험으로 단언컨대, 이런 꿈은 내가 해야 할 일을 미루고 있을 때 찾아온다. 그리하여 꿈의 해몽은 다음과 같다. '이젠 진짜 일을 시작해야 한다!' 미루고 미루다 위기의 순간까지 왔을 때, 그것을 알고 있는데도 도무지 몸이 실행에 나서려 하지 않을 때, 꿈이 먼저 나서서 나를 재촉한다. 이제 정말 시작해야 할 때라고. 지금 시작하지 않으면 큰 낭패를 볼 거라고 말이다.

　어쨌든 이번에도 꿈과 함께 쉬는 시간을 끝맺는다. 어차피 불편한 마음으로 할 일을 유예하고 있었으니 쉬는 게 쉬는 게 아니던 참이었다. 마음 불편한 휴식일랑 끝내 버리자고 다짐하며 굼지럭굼지럭 책상 앞에 가 앉는다.

　나를 일터로 돌려보낸 꿈은 제 할 일을 다 했다는 듯 사라졌다. 어젯밤엔 꿈을 꾸지 않았다.

소라 안으로 들어갔다 온 메리의 몸에서

바다 냄새가 났습니다.

"파도 소리도 들려요? 갈매기 소리는요?"

"그래, 들리는구나."

"게가 움직이는 소리는요? 모래성은 잘 있어요?"

"그래, 다 잘 있구나."

— 안녕달, 『할머니의 여름휴가』(창비, 2016)

2021년 4월 17일 전등사
2021년 5월 31일 밤 산책의 개구리
2021년 6월 17일 W호텔에서의 아침 산책
2021년 10월 9일 청사포의 파도
2023년 2월 13일 감지 해변

　내 핸드폰에 저장된 오디오 파일들의 제목이다. 이 소리는 모두 휴가지에서 직접 녹음한 것들이다. 파일을 열어 귀를 기울이면 그날의 시공간이 홀렁 눈앞으로 펼쳐지고, 내 귓바퀴에는 다시 한 번 찬란한 쉼표가 고인다.

책장 선반에 백단향을 담은 함을 두었는데

거기 꽂혀 있던 책에 향이 배었다.

책장을 넘길 때마다 백단향이 난다.

1년치 기쁨.

— 황정은, 『일기』(창비, 2021)

얼마 전 인센스 스틱을 잔뜩 샀다. 기분에 맞춰 적절한 향을 골라 피울 수 있도록 가지각색으로 구비했다. 아침에 일어나면 온 집 안을 환기하면서 스피어민트와 유칼립투스 향의 인센스 스틱을 피운다. 나른해지는 정오에 한바탕 기분 전환을 하고 싶을 때면 베르가모트와 오렌지 향, 깊은 사색의 시간을 가지고 싶을 땐 정향과 소나무 향이 들어간 인센스를 피운다. 자기 전엔 재스민과 샌달우드 향을 골라 몸과 마음을 차분히 가라앉힌다.

향을 피우면 공들여 숨을 쉬게 된다. 코끝을 넘나드는 향기에 집중하다 보면 오감이 형형해지고, 어른거리는 연기를 바라보면 잡다한 생각일랑 서서히 희미해진다.

선반 위에 차곡차곡 올린 향들이 몇 달 치의 귀한 호흡을 내게 약속하는 것만 같다. 향을 쟁이는 기쁨.

애당초 우리는 무엇을 위해 정리하는

것일까? 결국 방이든 물건이든 자신이

'행복' 해지기 위해서 정리를 한다.

— 곤도 마리에, 『정리의 힘』(홍성민 옮김, 웅진지식하우스, 2020)

짜증이 머리끝까지 치밀면 마음 챙김도 명상도 소용없다. 아무리 감정의 소용돌이에서 벗어나려 해 봐도 화만 더 끓어오르고, 심호흡을 해 봐도 물소처럼 씩씩거릴 뿐이다. 불길에 휩싸여 재가 되기 전에 조치를 취해야 하는데, 요즘 내가 애용하는 방법은 청소다.

일단 집안의 모든 창문을 열어젖힌다. 거친 손길로 커튼을 싹싹 소리 내 걷은 다음엔 이불보와 베게 커버를 쥐어뜯듯 벗겨 세탁기에 집어넣는다. 빨래가 돌아가는 동안 청소기를 돌리고, 바닥을 밀고, 설거지를 한다. 사나운 기세로 한참을 쓸고 닦다 보면 점차 씩씩댈 기운조차 없어진다. 재활용 쓰레기 한 봉지, 일반 쓰레기 한 봉지, 음식물 쓰레기 한 봉지를 가득 채워 들고 나가서 시원하게 버리는 것으로 청소의 대미를 장식한다. 이쯤 되면 놀라울 정도로 화가 사그라든 것을 느낄 수 있다.

땀에 젖은 몸을 씻고 소파에 몸을 던진다. 커튼을 밀치며 들어오는 산들바람은 상쾌하고, 부지런히 쓸고 닦은 바닥은 눈에 띄게 밝고 환해져 있다. 화가 물러간 집안에 휴식의 기운이 달콤하게 덮인다.

어느 날 선생님이 간장양념 반 후라이드 반 치킨을 시켜서 맛있게 먹고 있었습니다.

허겁지겁 먹다가 다시 한 조각을 들려는 순간, 이런 생각이 들었습니다.

'내가 방금 먹은 한 조각이 무슨 맛이었지?'

— 김찬, 『휴식 수업』(웨일북, 2017)

모든 것이 어스름한 깊은 밤. 침대에 누워 단잠을 자던 나는 어떤 소리를 듣고 순식간에 자리를 박차고 일어났다. 내가 들은 소리는 다름이 아니라 둔둔이가 토하는 소리였다. 반려동물을 키우는 사람은 자다가도 아이들이 토하는 소리를 듣는 기막힌 능력이 생기는 걸까…… 작은 몸을 연신 구부려 가며 꺽꺽거리던 둔둔이는 저녁에 먹은 사료를 몽땅 토해 내더니 소파 밑으로 가 몸을 말고 누워 버렸다. 둔둔이는 종종 숨도 안 쉬고 사료를 우적우적 밀어 넣었다가 토해 내곤 한다.

"야, 누가 뺏어 가냐! 천천히 꼭꼭 씹어 먹어야지."

하지만 그 강아지에 그 주인이라고, 나도 급하게 밥을 욱여넣고 체하는 경우가 부지기수다. 별다른 반찬 없이 한 그릇 뚝딱 차려 먹을 수 있는 음식을 좋아하는 나는 국수나 라면, 김치볶음밥 같은 음식들을 자주 먹는다. 맛보다는 그 간편함을 좋아하는 것이다. 눈으로는 스마트폰을 흘긋거리며 큰 그릇에 담긴 밥과 면을 반복적으로 삼키는 내 모습은 영락없이 둔둔이와 판박이다.

명상의 대가 틱낫한은 언제 어디서든 실천할 수 있는 일상의 명상법으로 먹기 명상을 제안한다. 마치 아름다운 예술작품을 감상하듯, 식사할 때도 먹는 행위에 집중해 보자는 거다. 내 입으로 들어가 양분이 되는 것은 무엇인가. 어디서부터 온 것인가, 어떤 맛인가, 식감과 향은 어떠한가, 목 넘김은 어떠하며, 삼키고 난 후에 입안에 어떤 맛이 남는가.

음식을 '먹어 치우지' 않고, 끼니를 '때우지' 않으면서 식사하는 연습을 하는 중이다. 괜스레 공들여 반찬들을 접시에 옮겨 담기도 하고, 스마트폰을 끈 상태로 밥맛을 음미해 볼 때도 있다. 이 느리고 심심한 식사가 아직은 어색하지만 내 식습관은 점점 나아질 것이다. 둔둔이도 그랬으면 좋겠는데.

매번 조금씩 더디게 지치기를, 다음에는

세 번째 아닌 네 번째에, 그다음엔 다섯 번째에.

그렇게 생을 통해 〈연민은 더디게 지친다〉는

명제를 만들어 가고 싶다.

— 이소영, 『빨강 아닌 선의』(어크로스, 2021)

정신없이 바쁜 한 주를 보낸 후 맞이한 금요일 밤. 짹짹이와 나는 술과 안주를 푸짐하게 차려 놓고 마주 앉았다.

"오랜만에 뭐 보면서 먹을까?"

넷플릭스를 뒤적이던 짹짹이는 잠시 후 드라마 하나를 내게 권했다. 매우 불우하고 힘든 삶을 살던 주인공이 동병상련의 동료를 만나 따스한 우정을 나누며 마음을 회복한다는 내용의 드라마였다. 평소 궁금했던 드라마였지만 그날은 짹짹이의 권유를 고사했다.

"미안. 다음에 봐요. 이번 주에는 너무 피곤해서 남 힘든 거 볼 여력이 없어."

짹짹이는 "그 기분 잘 알지" 하며 곧장 다른 영상을 찾기 시작했고, 우리는 걱정 없이 하하 호호 웃을 수 있는 영화를 골라 보며 주말 밤을 보냈다.

소소한 이날의 에피소드에서 나는 뜬금없게도, 연민의 총량을 떠올린다. 타인에게 쏟을 수 있는 관심에는 명확한 한계가 존재한다. 내가 힘들지 않아야, 내게 기운이 남아 있어야 남도 돌볼 수 있는 것이다. 그것은 나라는 인간의 얄팍함이기도, 연민이라는 감정이 대체로 갖는 한계이기도 하지만, 마음의 근력을 기르기 위해 이런저런 시도를 해 볼 수는 있다.

노력의 첫 단계는 역시 스스로를 잘 돌보는 일일 것이다. 분노와 질투, 무기력과 우울, 과로와 스트레스 등에 쉽게 휘둘리지 않도록 나의 몸과 마음을 잘 살피는 것. 내 삶을 돌봄으로써 누적한 에너지는 나를 좀 더 둥글고 따뜻한 사람으로 만들어 준다. 그러면 그 힘으로, 언제 어디선가 연민이 필요한 곳에서 나는 더디게 지칠 수 있을 것이다.

재난영화의 예감은 빛나갔다

잿빛 잔해만 남은 도시가 아니라

거짓말처럼 푸른 창공과 새하얀

구름이 날마다 아침을 연다

― 김소연, 『지구에서 스테이』 중 「거짓말처럼」(멘드, 2020)

20년 지기 친구들과 첫 해외여행을 간 것은 2019년 늦여름이었다. 우리는 시간을 쪼개 어렵게 일정을 짜 맞췄고, 고심 끝에 보라카이를 목적지로 정했다. 보라카이는 2018년 환경오염 문제로 폐쇄되었다가 6개월 만에 방문이 재개된 참이었는데, 우리가 방문했을 땐 예전의 깨끗함을 되찾은 상태였다.

그곳은 휴양지가 지녀야 할 모든 미덕을 충실히 갖춘 곳이었다. 맑은 공기와 깨끗한 바다, 맛있는 음식과 적당히 들뜬 사람들, 해 질 녘이면 타는 듯 붉게 물드는 하늘과 안락한 숙소. 우리는 보라카이의 풍경을 만끽하며 만족스러운 휴가를 보내고 돌아왔다.

그리고 그해의 끝자락에 코로나19가 발생했다. 많은 사람이 죽고, 앓고, 고립되는 동안 나 역시 전에 없던 우울감으로 괴로운 시간을 보냈다.

한편으로는 종종 딜레마에 봉착하기도 했다. 팬데믹을 겪으며, 인간의 발길이 끊어져야 자연이 회복된다는 사실을 절감했기 때문이다. 대규모 공장들이 가동을 멈추자 하늘이 맑아졌고, 사람들의 통행이 뜸해진 곳으로 야생동물이 찾아왔다. 관광객을 제한한 보라카이가 그랬던 것처럼 환경오염으로 몸살을 앓던 섬과 해변은 방문객의 발길이 뜸해지자 그 찬란한 풍광을 되찾았다. 자연은 인간과는 결코 함께 쉴 수 없다는 듯, 인간이 없는 곳에서 제 몸을 회복했다.

코로나19라는 낯선 전염병을 맞이하여 서로 거리를 두고 일상을 봉쇄했던 기간은 끝났지만 당시에 느낀 불협화음의 기억만은 쉽사리 가시질 않는다. 이 불화를 어찌하나. 티 없이 맑던 보라카이의 풍경을 떠올리며 이따금 난처해지는 요즘이다.

"놀기만 하니까 왜 이렇게 좋을까요?"

"인간이 일하려고 태어난 게 아니니까 그렇죠."

— 김신지, 『여행의 장면』 중 「잠시 다른 인생을 사는 기분」(유유히, 2023)

뽀로로는 노래한다.

"노는 게 제일 좋아."

참으로 철학적이지 않은가. 어떤 노래는 인간의 본질을 꿰뚫는다.

개인 차원에서 산만함으로 가득 찬 삶은

훼손된 삶이라는 것이다.

— 요한 하리, 『도둑맞은 집중력』(김하현 옮김, 어크로스, 2023)

종종 모바일 게임을 한다. 출시된 지 무려 10년 가까이 된 '쿠키런'을 아직도 열심히 하고, 요즘에는 '와일드 리프트'라는 게임에도 빠져 있다. 두 게임을 포함한 대부분의 게임에는 '쿨타임'이라는 게 있다. 공격 기술을 쓴 후 해당 기술을 다시 사용하기 위해 기다리는 시간이다. 말하자면 컨디션을 회복하는 시간이랄까. 게임 캐릭터가 그렇듯이 인간에게도 쿨타임이 필요하다. 하던 일을 잠시 멈추고 담배를 한 대 피우거나, 기지개를 켜거나, 커피를 한 잔 마시는 시간 말이다.

나 역시 업무 중 종종 쿨타임을 가지지만, 가끔은 휴식이 너무 빈번한 나머지 업무의 맥을 끊을 때도 있다. 어려운 과업에 당면했을 때, 하기 싫은 일을 앞두고 있을 때, 까다로운 글감을 붙들고 있어야 할 때마다 머리를 식힌답시고 일손을 놓고 뛰쳐나가는 건 내 오랜 버릇이자 단점이다. 배도 안 고픈데 간식을 까먹거나 위에 적은 저 게임들을 하면서 시간을 죽이는 식이다. 이런 식의 쿨타임은 어렵사리 예열한 업무용 두뇌의 에너지를 몽땅 날려 먹고 집중력을 흐트러뜨린다. 냄비 뚜껑을 수시로 열어젖혀서는 밥을 완성할 수 없는 것처럼, 지나치게 빈번한 휴식은 일의 효율을 무너뜨린다.

도피성 쿨타임의 부작용을 알게 된 요즘엔 타이머를 켜 놓고 일한다. 지금 켜 둔 타이머는 40분 일하고 15분 쉬는 '뽀모도로' 타이머다. 나는 12분 뒤에 자리에서 일어날 수 있고, 그때 진짜 필요한 '쿨링'을 하게 될 것이다.

방법이 어떠하든 중요한 것은, 일상과 일상 사이에 숨구멍을 만들고 여기저기 다정한 자국을 내며 발견할 수 있는 비법 하나쯤은 가지고 있을 것. 내게는 그게 드라마인 것이다.

— 오수경, 「드라마의 말들」 (유유, 2022)

그 유명한 미드 『프렌즈』를 벌써 네 번째 정주행하고 있다. 저녁마다 술과 안주를 곁들여 가며 『프렌즈』를 보는 것이 내 최고의 낙인데, 시즌 10개에 걸쳐 200편이 훌쩍 넘는 시트콤이니 제법 적지 않은 시간을 투자한 셈이다.

가끔은 스스로 묻는다. 같은 영상을 왜 이렇게 반복해서 보고 있는 걸까? 뭔가 새로운 걸 찾아 보는 편이 좀 더 유익하고 발전적인 방법이 아닐까? 하지만 새로운 드라마나 영화를 본다는 건 생각보다 피곤한 일이다. 중요한 내용을 놓치지 않도록 신경을 곤두세워야 하니까. 낯선 배경과 등장인물들, 그들 사이의 관계를 익힘과 동시에 이야기를 가로지르는 맥락까지 파악하려면 한눈 팔지 않고 온전히 몰입해야 한다. 모든 새로운 것은 긴장감을 동반하기 마련이다.

이러한 이유로 결국에는 돌고 돌아 다시 『프렌즈』에 정착한다. 몇 장면쯤이야 놓쳐도 문제없다는 느슨함이 좋고, 안락함으로 치환되는 익숙함이 포근하게 느껴져서다. 물론 앎의 지평을 넓히지 못한 채 고여 버리지 않으려면 얼마간의 불편함을 감수하고서라도 새로운 것을 접하고 익히려는 시도를 꾸준히 해야 할 것이다. 다만 그것을 진정한 '휴식'이라고 여길 수는 없을 것 같기에, 앞으로도 나의 가장 좋은 휴식 메이트는 『프렌즈』가 될 것 같다.

허구한 날 기분 전환을 원하는 것은

감정적 미성숙의 징후다.

— 라르스 스벤젠, 『외로움의 철학』(이세진 옮김, 청미, 2019)

밑도 끝도 없이 훌쩍 떠나 버리고 싶을 때가 있다. 밀려드는 화와 불안과 짜증의 원인조차 파악하지 못했음에도, 이곳을 떠나기만 하면 모든 걱정 근심이 사라질 것 같다. 하지만 가끔은 아무리 멀리 떠나도 기분이 나아지지 않을 때가 있다. 그럴 때면 나는 지나간 꿈 하나를 떠올린다.

꿈속의 나는 낡은 버스를 타고 시골길을 달리고 있었다. 몸과 마음이 지친 상태로 도망치듯 떠난 여행길이었다. 무릎 위에는 무거운 짐 가방 하나가 놓여 있고, 창밖으로는 드문드문 낯선 모양의 이정표가 보였다. 비포장도로를 달린 지 한참이 지났을 무렵, 한적한 동네에 도착해 하차 벨을 눌렀다. 짐 가방을 들고 뒷문 앞에 선 채 내리기를 기다리는데 누군가 내 어깨를 톡톡 쳤다. 돌아보니 가수 뷔욕Björk이었다. 그는 나를 보며 쌩긋 웃더니 또렷한 한국말로 이렇게 말했다.

"내려서 발 딛는 곳이 현실이에요."

그의 말이 끝나자 기다렸다는 듯 버스가 멈췄고, 나는 차에서 내렸다. 떠나는 버스를 돌아보니 뷔욕이 선선히 손을 흔들고 있었다. 그 모습을 보며 스르륵 잠에서 깨어났다.

훌쩍 떠나는 여행은 감정을 환기하고 삶의 활력이 되어 주지만 늘 능사는 아니다. 어떤 문제들은 기분 전환만으로는 해결되지 않고, 어떤 감정들은 집요하게 매달려야만 제대로 매듭지어진다. 그러한 고군분투 끝에 얻는 휴식도 있다는 걸 기억해 두면 현실을 살아 내는 데 퍽 도움이 된다.

순식간에 해가 졌고 조도가 낮은
조명이 켜졌다. 구석에서 재즈가 울려
퍼졌고 소파는 포근했다. 소파에
깊숙이 파고들며 생각했다. 이런 걸
어떻게 원하지 않을 수 있을까.

— 임지은, 『헤어질 조각들』(안온북스, 2023)

얼마 전에 『호텔에 관한 거의 모든 것』이라는 책을 읽었다. 호텔을 설계하고 만드는 과정에서 얼마나 많은 것들을 고려하는지 알게 된 계기였다.

예컨대 호텔 엘리베이터는 고객이 최대 40초 이상 기다리지 않도록 고려하여 만든다. 또한 객실의 소음을 방지하기 위해서 복도 카펫과 벽면, 환기구와 문 두께, 콘센트의 위치까지 세심하게 설계한다. 세면대 수전의 높낮이, 배수구의 경사뿐만 아니라 수압과 온도 역시 치밀하게 계산한 결과물이다. 호텔의 모든 공간은 고객의 동선에 맞게, 직원이 눈에 띄지 않고 재빠르게 서비스할 수 있게 만들어져 있다.

호텔은 온갖 기술과 자원을 총동원해 가며 열성적으로 안락함을 제공한다. 그런 곳에서 편안해지지 않을 도리가 있을까. 책을 읽고 글을 쓰는 동안 나는 호텔에서의 휴식을 갈망한다. 속수무책으로 아늑하고 포근해지는 느낌. 그 감각이 매우 그립다.

"누구든 좋은 걸, 더 좋은 걸 누릴
자격이 있어. 그럴 자격이 없는 사람은
세상에 없어. 너도, 나도, 우리 엄마도.
그건 다 마찬가지인 거야. 세상에 좋은 게
더 좋은 게, 더 더 좋은 게 존재하는데,
그걸 알아 버렸는데 어떡해?"

— 정문정, 「딸까지」 가자」(창비, 2021)

그러나 안락함은 자주 경제력과 치환된다. 호텔의 경우는 말할 것도 없거니와, 비행기와 영화관의 좌석, 음식과 술의 품질, 우리가 늘 머무는 집과 타고 다니는 차도 철저히 자본주의의 언어를 따라 경제력에 의해 그 등급이 나누어진다.

휴식을 거래할 때면 종종 형편에 대해 생각하게 된다. 나는 지금 쉬어도 되는 형편인가. 지금 이 안락함은 내 분수에 맞는가. 더 좋은 걸 누리고 싶다는 마음은 사치인가. 휴식을 구매할 여력이 도무지 없는 사람들은 어쩌나. 양질의 편안함이 특정한 인간들에게만 주어지는 거라면 이 현실은 얼마나 모진가.

이런 걸 가늠하는 동안 나는 자꾸만 휴식 바깥으로 미끄러진다. 퍽 서글픈 추방이다.

"아무튼 피로가 쌓이면 사람은
제대로 된 생각을 못하지요."
"정말 그래요."

— 미즈무라 미나에, 『어머니의 유산』(송태욱 옮김, 북노서가, 2023)

2022년 여름. 첫 산문집의 마감이 코앞에 다가와 있었다. 강의와 광고 콘텐츠 촬영 등의 일정을 동시에 소화하며 숨 가쁘게 움직이는 동안 원고 작업은 더뎌졌다. 마음은 점점 급해지고, 몸은 버벅대고, 마치 엉망진창 저글링 쇼를 하는 기분이었다.

이대론 안 되겠다 싶어 글쓰기 여행을 떠나기로 했다. 오롯이 마감에만 집중하겠다는 일념이었다. 일정을 앞뒤로 구겨 넣어 겨우겨우 일주일의 틈을 만든 나는 숙소를 예약한 후 설레는 마음으로 떠나는 날만을 기다렸다.

여행 당일. 짐을 바리바리 싸 들고 숙소에 도착했다. 그런데 웬일인지 맞아 주시는 분의 표정이 심상치 않았다.

"저…… 예약은 다음 주로 되어 있는데요."

당혹스러운 마음에 주고받은 메일을 확인해 보니 예약 일자는 정말로 다음 주였다. 잘못된 날짜를 캘린더에 적어 둔 줄도 모르고 그렇게나 열심히 일정을 조절했다니. 당혹스럽고 창피한 마음에 부랴부랴 그곳을 벗어났다. 급히 찾은 다른 숙소에 도착하자 눈물이 터져 나왔다. 이런 바보 멍청이가 다 있나. 내 인생은 이렇게 허둥지둥하다가 망해 버릴 게 분명해 보였고, 나는 자책과 짜증, 화와 혼란으로 범벅이 된 채 울고불고하며 첫날 밤을 보냈다.

그때 나는 일종의 패닉 상태였던 것 같다. 마감에 대한 불안과 밥벌이의 고단함에 치여 자꾸만 실수를 저질렀고, 난데없이 돌출한 오류 앞에서 필요 이상으로 무너져 내렸다. 그로부터 딱 일 년이 지난 지금, 우연히도 비슷한 시기에 두 번째 책의 마감을 하고 있다. 작년엔 번아웃에 요란하게 한 방 맞았는데, 올해는 좀 달라질 수 있을까. 이전보다는 능숙한 저글링을 기대해 본다.

저녁 버스를 탔는데 노을이 너무

예쁜 걸 보면 눈물 나게 행복해요.

— 윤정은, 『메리골드 마음 세탁소』(북로망스, 2023)

짹짹이는 집도 멀면서 매일 나를 데려다주려고 한다.

"운전하는 거 피곤하지 않아?"

"운전하는 거 재미있는데. 나 드라이브 좋아해."

그러고 보니 얼마 전에 친구도 같은 얘기를 했다. 도로를 달리면서 음악을 듣고, 빠르게 스쳐 지나가는 풍경을 보고, 생각에 빠지는 일이 너무너무 재미있다고. 면허증을 손에 쥐고도 차가 없다는 이유로, 겁이 난다는 이유로 운전을 못 하는 처지라 지인들의 운전 예찬을 들을 때면 부러움과 호기심이 동시에 솟구치곤 했다.

하지만 내게도 그들에 버금가는 즐거움이 있으니, 바로 버스 드라이브다. 버스에 몸을 싣고 나면 앞을 주시해야 할 의무도, 긴장도 없이 창밖을 내다볼 수 있다. 오늘은 또 어떤 나무가 얼마큼 파래졌는지, 간밤에 내린 비로 한강 물이 얼마나 불었는지, 루프에 고양이 발자국이 찍힌 차는 없는지(실제로 종종 있다) 즐거운 마음으로 살펴볼 수 있다. 그뿐인가. 팟캐스트를 들으며 삐져나오는 웃음을 꾹 참기도 하고, 좋아하는 가수가 새로 낸 앨범을 들으며 한껏 취해 보기도 한다.

나는 지금 합정동의 한 카페에 앉아 이 글을 쓰고 있다. 시계를 보니 곧 있으면 해가 질 시간이다. 버스에서 내다보는 해 질 녘의 한강이 얼마나 아름다운지 잘 알기에, 그 풍경을 놓치고 싶지 않아 마음이 조급해진다. 얼른 글을 마무리하고 일어나야지, 다짐하는 순간 짹짹이에게 문자가 온다. 오늘도 짹짹이는 나를 집에 데려다주겠다고 성화다. 그에게 이렇게 대답해 볼까 싶다.

"버스 타는 거 재미있는데. 나 드라이브 좋아해" 하고 말이다.

인생은 쉼표 없는 악보와 같기 때문에
연주자가 필요할 때마다 스스로
쉼표를 매겨 가며 연주해야만 한다.

— 류시화, 『새는 날아가면서 뒤돌아보지 않는다』(더숲, 2017)

대학 수업은 (저마다 약간씩 차이는 있겠으나) 대부분 네 번 이상 결석하면 낙제로 처리된다. 나는 이 규칙을 일종의 마일리지처럼 활용했다. 즉 내게는 세 개의 결석 마일리지가 있는 셈이었다. 이것을 모두 차감하지 않는 선에서 요리조리 활용하면 학기 중에도 충분히 휴일을 만들 수 있었고, 과제 제출과 시험에만 성실히 응하면 F학점을 받을 걱정도 없었다.

학기당 수백만 원씩 하는 등록금을 생각하면 퍽 아까운 짓이기는 했지만, 스스로에게 선물하는 이 휴식 시간이 얼마나 달콤했는지 모른다. 하루 수업을 몽땅 빼먹고 평일의 한적한 미술관을 소요하던 일, 뿔뿔이 흩어져 지내던 동네 친구들을 찾아가 오랜만에 열띤 수다를 떨었던 일, 오후 늦게까지 침대 위를 뒹굴거리며 읽고 싶었던 책을 잔뜩 읽은 일. 졸업하고 10년 정도가 지나니 마음 곳곳에 속속들이 남은 것은 이런 추억들이다.

살면서 효율과 능률, 생산성 같은 말들에 지나치게 목매지 않으려 노력한다. 쉴 틈 없이 공부와 일에 매진하는 순간도 물론 소중하지만, 내게 삶의 윤슬이 되어 주었던 순간들은 자주 다른 곳으로부터 왔다. 나는 믿는다. 느슨함으로 삶을 지탱할 수 있음을, 직접 찍은 쉼표들이 인생의 마디가 되어 나를 더 먼 곳으로 뻗어 나가게 함을 말이다.

지금도 내 마음속에는 휴식 마일리지가 적립되어 있다. 필요할 땐 언제라도 흔쾌히 마일리지를 차감할 준비도 되어 있다. 이로 인해 내 마음은 한결 여유롭고 든든하다. 대학 등록금 안에는 이런 요령을 습득하는 것까지 포함되어 있었던 걸까. 그렇게 생각하니 뒤늦게나마 등록금이 덜 아깝게 느껴진다.

어쩌면 삶을 소화하기 위해서

커피를 마시는 것은 아닐까 싶었다.

— 정인환, 『커피의 위로』(포르체, 2023)

요즘 눈독 들이고 있는 제품이 있다. 바로 '드립 스테이션'이다. 커피를 내릴 때 사용하는 드리퍼와 주전자, 컵 등을 한 곳에 거치할 수 있도록 만들어진 틀인데, 예쁘기도 하고 유용할 것 같기도 하다.

사실 내게는 이미 커피메이커가 있다. 분쇄된 원두와 물을 넣은 다음 버튼을 누르고 기다리면 커피가 내려진다. 커피를 내리는 동안에 가벼운 청소를 할 때도 있고, 널어 둔 빨래를 개기도 하고, 간단한 메일 업무를 처리할 때도 있다. 효율성으로 따지자면 이 녀석이 최고라는 말이다.

그럼에도 불구하고 드립 스테이션이 사고 싶은 이유는 바로 그 효율성을 배반하고 싶어서다. 커피를 내리는 동안에는 커피만 내리고 싶어졌으니까. 필요할 때마다 조금씩 품을 들여 최상의 즐거움을 맛보고 싶다. 내가 산 원두의 색과 향을 제대로 감각하고, 그 과정에서 취향을 쌓아 나갈 수 있다면 얼마나 좋을까. 한꺼번에 몇 잔 분량의 커피를 내려 놓고 하루 종일, 심지어 다음 날까지 거푸 마시는 일은 이제 그만하고 싶다.

요즘 나는 조금 덜 효율적인 사람이 되려고 노력한다. 좋아하는 걸 즐길 때는 더더욱 그렇게 한다. 아직 드립 스테이션을 구매하지는 못했지만, 맛 좋은 드립백 커피를 구해 놓은 참이다. 가장 예쁜 유리컵에 드립백을 걸쳐 두고 천천히 물을 붓는다. 컵에 방울방울 떨어지는 액체를 놓치지 않고 눈에 담는 그 시간이 무척 소중하다.

자주 오는 손님이 그러더라고요.

아쉽지만, 네가 힘들어서 그만두는 것보단 낫다.

그건 우리 손해니까.

단골손님이 어디 가겠니? 쉬고 와.

— 정성은, 『하마터면 친 당신』(안온북스, 2023)

얼마 전 노지양·홍한별 번역가가 함께 쓴 책 『우리는 아름답게 어긋나지』(동녘, 2022)를 읽었다. 이국의 언어와 우리말을 동시에 매만지며 살아 온 두 사람의 이야기를 듣다가 다음 문장에 진한 밑줄을 그었다.

"내 손으로 하나하나 쌓아 올린 세계는 누구도 무너뜨릴 수 없을 정도로 견고하여 나의 버팀목이 되어 준다는 진리 또한 배웠잖아."

직업인으로서의 단단함이 느껴지는 이 문장을 읽으며 생각했다. 휴식을 앞둔 이에게도 이런 마음가짐이 필요하다고. 내가 잠시 물러나도 그간 구축한 세계가 허물어지지는 않으리라는 확신, 나의 부재를 아쉬워함과 동시에 나의 귀환을 기다려 주는 사람이 있으리라는 믿음이 우리에겐 필요하다.

직업의 세계는 대체로 냉정하고 괴롭지만, 끝끝내 그 밥벌이를 사랑하고야 마는 사람들은 이렇듯 견고하고 아름답게 자신의 세계를 쌓아 나간다. 그 여정에 이따금 찍힌 쉼표를, 그 찬란한 흔적을 응원하고 싶다.

그렇게 바람이 차가워질 때까지,

가만히 있는다. 이유는 없다.

너는 그저 바다를 보러 온 것이다.

— 오사다 히로시, 『침흘림이 필요』(박성민 옮김, 시와서, 2020)

"물 보러 갈까?"

내 스트레스가 최고조에 이른 것을 감지하면 쩍쩍이는 이렇게 묻곤 한다. 과도한 업무 때문에 눈코 뜰 새 없이 바쁠 때, 마감을 앞두고도 글이 꽉 막혀 풀리지 않을 때, 기껏 처리한 일의 완성도가 못마땅하거나 밑도 끝도 없이 우울과 자괴감이 밀려올 때마다 내가 이렇게 말했기 때문이다.

"물 보러 가고 싶다!"

마음이 갑갑해질 때면 물이 있는 풍경에 나를 던져 놓고 싶어진다. 호수도 좋고 강도 좋지만, 대개는 바다를 갈망한다. 왜일까. 힘차고 자유로우며, 한없이 광대하고, 왔다가 물러서기를 반복하면서도 고여 있지 않는다는 미덕을 품고 싶어서일까.

며칠째 집에 콕 박혀 밀린 일들을 처리하고 있는 지금도 간절히 바다를 꿈꾼다. 짭조름한 바닷물에 몸을 담그지 않아도, 휘황찬란하게 전구를 밝힌 조개구이집에 들어가지 않아도, 오색빛깔의 불꽃놀이를 터뜨리지 않아도 좋다. 그저 바다를, 끊임없이 요동치는 커다란 물 덩어리를 보고 싶다.

집을 돌보니 내가 돌봐졌다.

— 숀 무, 『스물 셋, 지금부터 혼자 삽니다』(21세기북스, 2019)

초등학교 시절에는 누구나 한 번쯤 환경 미화라는 것을 한다. 교실 구석구석을 쓸고 닦고, 칠판을 깨끗이 지우고, 교훈이 적힌 액자를 걸고, 교실 뒤편의 게시판을 알록달록하게 꾸미는 일 등이 환경 미화에 포함된다. 그림 좀 그린다거나 손끝이 야무진 친구들은 미화부장이 되어 이 모든 과정을 진두지휘하기도 했지만, 내 경우에는 손재주도 없었을 뿐더러 환경 미화에 수반되는 모든 과정이 귀찮게 느껴졌기 때문에 적극적으로 나선 기억은 없다.

어른이 되어 오랫동안 잊고 살다, 최근 다시 환경 미화에 부쩍 힘을 쏟고 있다. 내가 사는 집을 돌보는 방식으로 말이다. 아무리 바빠도 일주일에 두 번은 청소기를 밀고 막대 걸레로 바닥을 닦는다. 둥글게 뭉쳐 이리저리 굴러다니는 둔둔이 털도 줍고, 화장실에 낀 물때도 닦는다. 그뿐만이 아니다. 교실 뒤편의 게시판을 꾸미듯 예쁜 물건들을 집안 곳곳에 배치하기도 한다. 제철을 맞은 꽃이나 작은 소품들을 들여다 놓을 때면 집의 안락함이 부쩍 상승하는 것 같다.

나를 둘러싼 공간을 살피고 돌보는 일에는 적지 않은 품이 든다. 가끔은 번거롭기도 하고 몸이 고단해지기도 하지만 미화 후에 오는 달콤함과 안락함의 위력을 알기에, 오늘도 청소기를 빼 들고 화병의 물을 간다. 나는 이제 미화부장이 되길 주저하지 않는다.

"내 말 들어요. 아무리 책을

읽고 공부했다고 해도 알래스카의

겨울은 처음 맞잖아요."

— 크리스틴 해나, 『나의 아름다운 고독』(원은주 옮김, 나무의철학, 2018)

처음으로 명상 관련 서적을 읽던 순간이 기억난다. 마지막 페이지를 넘기는 순간 엄청난 만족감을 느꼈는데, 단 한 권의 책을 읽은 것만으로도 벌써 평화롭고 느긋한 사람이 된 듯했기 때문이다. 터무니없는 생각이었지만 이러한 기대는 이후로도 몇 번이나 반복됐다. 고난도의 명상 수행 코스에 참가하면서도, 유명한 선생님에게 마음 챙김 강의를 들으면서도, 마음 챙김 앱을 장기 결제하면서도 나는 함부로 바랐다. 이번에는 기필코 마음의 안정을 얻을 수 있기를, 지친 마음과 몸을 제대로 운용할 수 있게 되기를 말이다.

바람과는 다르게 그 경지는 아직도 요원하기만 하다. 나는 여전히 뾰족하고, 감정의 격랑에 휩쓸리며, 소진되고 방전되기를 거듭한다. 그간 공부하고 경험했던 것들이 무용하게 느껴져 답답할 때도 있지만, 그럴 때마다 이렇게 되뇌곤 한다. 이 모든 순간이 내게는 처음이라고. 매 순간 마주하는 사람과 사연과 감정이 각기 다르기에 매번 서툴 수밖에 없다는 사실을 인정하자고.

사방팔방으로 휴식을 쫓아다닐 때보다 지금이 더 편안하게 느껴지는 건 이러한 깨달음 덕분일 것이다. 한 뼘 더 넓어진 마음으로 스스로를 안아 줄 수 있게 되었으니 그간의 배움이 무색하지 않으며, 앞으로 배울 모든 것이 기대될 따름이다.

"뭍에 올라오면 그렇게 허리가 아픈데

어떻게 바다 일을 하시나요?"

늙은 해녀가 말한다. "물질을 사람 힘으로

하는가. 물 힘으로 하는 거지……"

— 김진영, 「아침의 피아노」(한겨레출판, 2018)

명상을 하다 보면 '호흡을 닻으로 삼아라'라는 말을 자주 듣게 된다. 들숨과 날숨은 끊임없이 반복되며 항상 그 자리에 존재하기에 집중의 대상으로 삼기 좋으며, 한 번에 한 가지 생각에만 집중할 수 있는 인간의 특성상 호흡에 집중하면 잡념을 쉽게 걷어 낼 수 있기 때문이다.

양쪽 콧구멍과 인중, 목구멍, 가슴을 지나 배로 이어지는 호흡을 따라가다 보면 날뛰던 마음이 어느새 가지런해진다. 숨을 너무 길게 쉬려 할 필요도 없고, 고르게 내뱉으려 할 필요도 없다. 잠시 호흡을 놓치고 다른 생각에 빠져도 괜찮다. 산만함을 알아차리고 다시 돌아와 들숨과 날숨을 쫓으면 그뿐이다. 호흡의 힘에 기대어 고요를 누릴 수 있다면 구태여 휴식을 멀리서 찾을 필요 없다. 숨마다 쉼이 스며 있을 테니 말이다.

그 너머로 나아가는 것.

그 너머까지 이해하는 것.

그런 변화는 이쪽이 원하지 않으면

일어날 리가 없다.

— 브래디 미카코, 「나는 옐로에 화이트에 약간 블루 2」(김영현 옮김, 다다서재, 2022)

흔히 '휴식'의 대척점에 '일'이 있다고들 여긴다. 이러한 생각이 참이라면 일하지 않는 시간에는 편안하게 쉴 수 있어야겠지만, 그렇지 않은 걸 보니 그리 간단하게 정의할 문제는 아닌 모양이다. 내게 휴식은 단순히 노동하지 않는 시간만을 뜻하는 것이 아니다.

생각건대 휴식에는 반드시 '안녕하다'는 감각이 필요하다. 무탈하고 편안하며 안전한 상태를 갖춰야만 비로소 제대로 쉬며 회복할 수 있는 것이다. 고로 휴식에 대해 생각하는 일은 나와 타인의 안녕을 가늠해 보는 일과 같다. 이어지는 글들은 이러한 내용을 담고 있다. 어느 드라마의 대사처럼 누군가에게 '편안함에 이르렀는가?' 하고 묻기 위한 시도들이다.

아는 척이다. 생전 본 적도 없는 사람의 삶을

아는 척한다. 내가 하는 일이 그러하다.

— 희정, 「두 번째 글쓰기」(오월의봄, 2021)

미팅 내내 커피를 마신 탓일까. 방금 전에 화장실을 다녀왔는데도 금세 또 요의를 느껴 종종걸음을 쳐 지하철역 화장실로 들어갔다. 볼일을 보고 나와 손을 씻고 있는데 청소 노동자 한 분이 화장실로 들어섰다. 한 손에는 긴 대걸레가, 다른 한 손에는 커피가 든 것으로 보이는 종이컵이 들려 있었다.

'누가 마시던 커피를 버리고 갔나 보네.'

나는 그가 버려진 종이컵을 치운 것이라고, 곧 컵 속의 내용물을 세면대에 쏟아 버릴 것이라고 예상했다. 씻던 손을 거두고 세면대에서 살짝 비켜섰지만 그는 나를 흘끗 보기만 할 뿐 손에 든 종이컵을 비우려 하지 않았다. 그가 향한 곳은 다름 아닌 화장실의 맨 안쪽 칸, 청소 자재를 보관하는 곳이었다. 곧 걸레를 내려놓는 소리, 그가 무엇인가를 끌고 와 앉는 듯한 소리, "아이고" 하는 소리가 연달아 들려 왔다. 그리고 뒤이어 커피를 마시는 소리가 들렸다.

"호로록, 하."

그는 청소도구를 넣어 둔 화장실 끝 칸에서 고단한 몸을 쉬이고 있었다.

"호로록, 하. 호로록, 하."

그사이 한 여성이 화장실로 들어섰고 나는 허둥지둥 화장실을 나섰다. 어느 쪽이 더 당혹스러웠던 걸까. 그가 마실 커피를 쓰레기로 착각했다는 것이? 그가 여기서 쉬리라고는 상상하지 못한 것이? 그가 커피 한 잔을 마실 곳이 화장실 청소도구함이라는 것이? 뭐가 먼저인지조차 모를 앞뒤 없는 혼란이 마음을 온통 휘젓고 있었다.

"다른 사람이 노동하였고 너희는 그들의

노동에 들었느니라."

— 이슬아, 『새 마음으로』(헤엄, 2021)

내게 주어진 쾌적함이 어디로부터 오는지 가늠해 볼 때가 있다. 사람이 드나든 흔적일랑 말끔히 지워진 화장실, 쓰레기 한 톨 없는 아파트 단지, 깨끗하게 청소된 대학교 교정, 백화점, 대형 건물 등이 품은 쾌적함에는 반드시 누군가의 노동력이 닿아 있다. 나는 이 말끔한 건물들에서 마음껏 볼일을 보거나, 일을 하거나, 쉬거나 배우며 여가를 즐긴다.

그렇다면 내게 쾌적함과 여유를 제공한 이들의 쉼터는 어떠한가.

2019년 8월 서울대학교 청소 노동자가 창문 없는 비좁은 휴게실에서 숨진 사건을 계기로 휴게시설 설치 의무화의 불이 댕겨졌다. 2022년 8월부터 산업안전보건법에 따라 휴게시설 설치가 의무화되었지만, 여전히 대다수의 대학 및 사업장에서 관련 규정을 위반하고 있는 것이 현실이다. 적정 온도를 유지할 수 있는 냉난방 설비, 최소한의 천장 높이와 바닥 면적, 환기구 등이 확보되지 않은 경우가 많았고, 휴게 공간이 목적 외 다른 용도로 사용되거나 지나치게 먼 경우도 있었다. 공간적·물리적 조건만이 아니라 책임자 및 사회 구성원들의 인식 변화나 휴게 시간 보장, 사회적 지원 역시 미흡한 실정이다.

올해도 나는 보게 될지 모른다. 청소 노동자의 사망 뉴스를. 에어컨 없는 경비실에서 탈진할 듯 땀을 흘리는 경비원의 사진을. 아파트 계단에 쭈그리고 앉아 숨을 돌린다는 방문 노동자의 사연을.

노동의 고단함을 숨기기 힘든 여름이 다가오고 있다. 이 혹서기를 우리는 어떻게 버티게 될까. 다만 잊지 않고 되새길 뿐이다. "다른 사람이 노동하였고 너희는 그들의 노동에 들었느니라."

비가 올 땐 이 많은 새들이 다 어디로 가지?

콧속이 얼어붙는 겨울밤에는 그 많은

고양이가 다 어디에 숨지?

늘 그런 게 궁금했다. 늘 그런 것만 궁금했다.

— 유계영, 『꼭대기의 수줍음』(민음사, 2021)

지난주엔 굵고 세찬 비가 내내 쏟아졌다. 음산한 날씨에 절로 괴담 생각이 났다. 책장에서 공포 소설들을 그러모아 와 온종일 탐욕스러운 독서를 했다. 살갗에 닿는 에어컨 바람은 차갑고, 소설은 으스스하니 천국이 따로 없었다. 이것이 여름 휴가가 아니고 뭐란 말인가! 신이 나서 SNS로도 한바탕 호들갑을 떨었다.

그날 밤, 잠자리에 누워 인스타그램을 뒤적거리는데 한 게시물이 눈에 들어왔다. 『살리는 일』(무제, 2020)을 쓴 박소영 작가의 글이었다. 매일 길고양이를 돌보며 동물권 운동에 앞장서는 그는 길고양이들 밥이 자꾸만 빗물에 불어 버린다며 난처해하고 있었다. 새 사료를 부어 주면 또 불어 버리고, 또 불어 버리고를 반복한다고. 그 글을 보고 나서야 장마의 이면을 떠올릴 수 있었다. 떠돌이 동물들의 밥과 보금자리를 앗아 가고, 수많은 집과 상가와 도로를 잠식하고, 끝내는 많은 인명 피해까지 낸 비의 무서운 실체가 그제야 내 눈에 보였다.

세상 어딘가에서는 늘 비극이 벌어지고, 어떤 살풍경은 기어이 일상을 찢고 들어온다. 마음 편하고자 한다면 당연히 이 풍경들을 등진 채 살아가는 편이 나을 것이다. 찢어진 부위를 서둘러 봉합하고 그 흔적을 외면하며 살 수도 있겠지만, 어떤 이들은 실과 바늘을 쥔 손으로 뛰쳐나가 일상을 수선하는 데 기꺼이 바늘땀 하나를 더한다. 나는 어느 쪽인가 하면 바늘을 들고 발만 동동 구르는 사람, 하지만 언젠가는 그들의 모습이 나를 바깥으로 끌어당겨 가리라 예감하는 사람이다.

장마전선이 물러나고 본격적으로 찌는 듯한 더위가 찾아왔다. 끓어오르는 아스팔트 위에서 사람이고 동물이고 할 것 없이 혀를 빼물고 있다. 그늘 밑에서도 열기를 피하기 힘든 계절, 모두 이 여름을 어떻게 나고 있을까.

펫숍의 쇼윈도 안에 있는 강아지들,

귀엽고 예쁘죠.

부모는 어떤 모습일 것 같아요?

— 한채영, 『아무도 미워하지 않는 개의 죽음』(창비, 2018)

막차를 타려는 사람들이 삼삼오오 술집에서 쏟아져 나오는 시간. 늦은 시각임에도 불구하고 불이 환히 켜진 가게들이 있어 가까이 가 보았다. 나란히 붙은 대여섯 개의 펫숍이었다. 벽면을 빙 둘러 놓인 진열장 안에는 손바닥만 한 강아지가 한두 마리씩 들어 있었고, 그 사랑스러운 모습에 반한 이들이 함박웃음을 지으며 발길을 멈춰 세우고 있었다. 사람들이 들여다보는 쇼윈도 곳곳에 이런 경고 문구가 붙어 있었다.

"창문을 두들기지 마세요. 아이들이 깨요."

눈이 시릴 정도로 밝은 불이 강아지들의 동그란 머리통으로 쏟아지고 있었기에, 경고문은 무색하기 짝이 없었다.

작가 하재영은 "개에 관한 문제는 번식견, 반려견, 유기견, 식용견으로 이어지는 뫼비우스의 띠"라고 말한다. 그는 수요를 넘어서는 공급, 품종견 위주의 반려견 쇼핑, 책임 없는 입양(구매)이 유기로 이어지는 과정 등을 저서 『아무도 미워하지 않는 개의 죽음』을 통해 알렸다. 진열장마다 와글와글 담긴 강아지들의 숙면과 휴식이 오로지 창문을 두들기는 손길에만 방해 받는 것은 아닐 테다. 무엇이 그 작은 생명들의 안온함을 뒤흔드는가. 가게들을 지나 돌아오는 길. 허울 좋게 붙여진 경고문 너머의 현실을 가늠해 본다.

안전하게 항해하려면 여러분의
기관을 잘 통제해서 ' 어제와 내일을 차단하는
오늘의 공간 ' 을 만들어야 합니다.

— 데일 카네기, 『데일 카네기 자기관리론』(임상훈 옮김, 현대지성, 2021)

'못 해 먹겠네.'

　결국 참지 못하고 눈을 번뜩 떴다. 명상 종료를 알리는 종이 울리려면 아직 이십여 분이 남아 있었지만 더는 견딜 수 없었다. 일분일초가 지루하고 갑갑했다.

　'저번엔 분명히 더 나았던 것 같은데……'

　뻐근해진 엉덩이를 문질렀다. 명상이 너무 자주 노력을 배반하는 게 아닌가 싶었다. 이만큼 공을 들였으면 조금 더 수월해져야 하지 않나. 어제보다는 오늘이, 오늘보다는 내일이 더 나아야 하지 않나.

　하지만 세상의 많은 일들이 그렇듯, 축적이 곧장 나아짐을 보장하는 것은 아니다. 명상 역시 그러하다. 수도 없이 제자리걸음을 하거나 심지어 후퇴할 수도 있다. 어제보다 나은 상태만을 갈망한다면 바로 그 어제에 발목을 잡힌다는 사실을, 늘 앞으로 나아갈 수만은 없다는 사실을 받아들여야 명상 수련을 지속할 수 있다.

　과거도 미래도 없이 오직 현재에 머무르라는 오랜 가르침을 다시금 되새긴다. 그 지혜로운 목소리가 내 엉덩이를 붙들어 매고 또 한 번 자리에 앉을 용기를 준다. 평생에 걸쳐 이어질 긴 선을 그려 내기 위해 오늘 하루치의 점을 찍는다.

잠을 자고 싶었다. 마치 그것만이 유일한

할 일인 것처럼, 죄책감도 의무감도 없이,

악몽도 길몽도 없이 본분처럼 잠들고 싶었다.

— 위희정, 『심패한 여름휴가』(문학과지성사, 2020)

나는 잠이 많은 아이였다. 온종일 눕혀 놔도 투정 한 번 안 하고 내내 자는 나를 두고, 엄마는 떼쟁이였던 언니만 업고 나가 바깥 볼일을 봤다고 했다. 동네 사람들이 내가 태어난 줄도 몰랐을 지경이었다고. 나는 유아용 변기 위에서 볼일을 보다가도 자고, 밥을 먹다가도 자고, 아무튼 틈만 나면 잠을 자며 유년 시절을 통과했다.

잠이 많던 아이는 커서 잠이 많은 어른이 됐다. 어릴 때야 괜찮았지만, 성인이 되고 나니 종종 불편했다. 사회는 끊임없이 수면 시간을 줄이고 생산성을 키우라는 메시지를 내게 건넸다. "잠은 죽어서 많이 자"라든지, "자는 사람은 꿈을 꾸고, 깨어 있는 사람은 꿈을 이룬다"고 말하며 옆구리를 쿡쿡 찌르는 통에 침대에 누울 때마다 얼마간 죄책감을 느꼈다.

이렇듯 잠과 게으름을 한패로 여기는 이 사회가 반드시 기억해야 할 과학적 사실이 있다. 잠을 잘 때 인간의 뇌척수액 흐름이 활발해지고, 그 결과 뇌의 대사 부산물 및 독소가 원활하게 제거된다는 점이다. 즉 인간이 잠을 자야 뇌가 여기저기 쌓인 노폐물을 청소할 수 있다.

현대인의 적정 수면시간은 7~8시간 정도다. 머릿속을 청소하려는 뇌를 억지로 붙들어 놓고 부산을 떨고 있는 것은 아닌지 매일 가늠해 볼 일이다.

점심은 디저트까지 꼭 챙겨 먹은 후

한잠 잡니다. 그러고 나서, 오후 중간 나절부터

저녁이 될 때까지 다시 작업에 몰두하지요.

— 장자크 상페, 『계속 버티!』(양영란 옮김, 열린책들, 2022)

인간의 뇌를 연구하는 과학자 중 상당수가 낮잠을 권한다. 30분 안쪽의 짧은 낮잠은 피로를 줄이고 신체의 기능을 회복함으로써 생산성과 창의성을 높인다는 연구 결과가 있으며, 장기적으로 심장 질환 사망률을 감소시키고 기억력 향상에도 도움을 준다고 알려져 있다.

낮잠의 이로운 점에 대해 말할 때 자주 언급되는 것이 살바도르 달리의 독특한 일화다. 스페인의 초현실주의 화가인 달리는 숟가락이나 열쇠를 손에 쥔 채 안락의자에 앉아 낮잠 자기를 즐겼다. 깊은 잠에 빠지려는 찰나, 손에 쥐고 있던 물건이 미리 받쳐 둔 금속 쟁반 위로 떨어지면 그는 그 소리를 알람 삼아 잠에서 깨어났다. 무의식의 경계에서 줄타기하던 그는 빠르게 현실로 돌아와 부유하는 꿈의 조각들을 기록했다.

몸과 마음의 부침이 느껴진다면, 혹은 오랫동안 공들여도 풀리지 않는 생각들이 있다면 낮잠을 한번 즐겨 보면 어떨까. 점심을 든든하게 먹고 편안한 의자에 몸을 파묻어 보자. 명심해야 할 포인트는 낮잠은 너무 깊어서도, 길어서도 안 된다는 점이다. 베르나르 베르베르가 자신의 저서 『상대적이며 절대적인 지식의 백과사전』(열린책들, 1996)에서 주의하듯, "잠귀가 어두운 사람에겐 큰 숟가락이 필요"하다.

내 안에 있는 노동자도 문설주

아래로 내려오는 초록늑대거미를

바라보며 고요합니다.

— 정석주, 『마흔의 서체』(프시케의숲, 2020)

"미치겠네. 좀 나와라!"

변비에 걸렸다. 생각의 변비. 원고와 영상 콘텐츠 마감이 코앞이었지만 글감도 아이디어도 정체된 채였다. 아무리 힘을 주어 밀어내려 해도 어딘가에서 꽉 막혀 버린 이 기분! 당장이라도 머릿속에 변비약이나 배수구 클리너를 투하하고 싶은 심정이었다. 답답한 마음에 유튜브를 뒤적거리다 이런 영상을 발견했다.

"미완성 효과를 이용하세요."

영상의 내용인즉슨 이랬다. 해결하지 못한 프로젝트나 아이디어가 있다면 잠에 들기 직전까지 내내 생각할 것. 그러면 미완성 효과, 즉 '자이가르닉' 효과로 인해 밤새 일의 실마리가 풀린다는 거다. 영상의 주인공은 미완성 효과로 인해 자신이 얼마나 많은 프로젝트를 성공적으로 해냈는지 간증하고 있었다.

그날 밤, 나는 풀어 내지 못한 글감 하나를 품고 침대로 들어갔다. 그러고는 한 시간쯤 눈을 감고 머릿속에서 글감을 이리저리 굴려댔다. 밤새 글감이 술술 풀려 주기를, 나에게도 번개와 같은 영감이 찾아와 주기를 바라다가 슬금슬금 잠이 들었다.

그래서 결과는 어땠는가. 그냥 피곤했다. 그것도 많이. 잠을 설친 까닭에 늦잠을 잤고, 아침부터 일과가 꼬여 스트레스만 왕창 받고 말았다. 글감은 여전히 엉킨 채였다. 나중에서야 알았다. 자이가르닉 효과를 지탱하는 힘은 끝내지 못한 일에 대한 긴장감이며, 그것이 인간에겐 큰 스트레스 요소로 작용한다는 것을.

분주하게 일에 치이다 보면 휴식마저 생산적으로 하고 싶어진다. 하지만 잘 때는 역시 고요한 게 최고다. 오늘 밤엔 모든 업무 걱정과 스트레스에서 벗어나 곤히 잠들고 싶다.

다시 꿈을 꾸고 싶다. 절박한 현실 감각에서

놓여나 꿈을 꿀 수 있었으면 좋겠다.

조금만 한가해지면 그럴 수 있을 것이다.

— 박완서, 『모래알만 한 진실이라도』(세계사, 2020)

휴식에 대한 글들을 빚어 내는 동안 고약한 상황에 빠졌다. 아이러니하게도 휴식을 빼앗기고 만 것이다. 일정을 마치고 한바탕 편히 쉬어 볼라치면 '아, 바로 이 순간에 대해 써야 해'라는 생각과 함께 휴식에서 튕겨져 나왔고, 자려고 누웠다가도 어느새 글감 속으로 빨려 들어가 뾰족한 각성 상태로 밤을 지새우기 일쑤였다. 설상가상으로 마감 일정을 지켜야 한다며 여름휴가까지 반납했으니 정말 고약한 상황이 아닐 수 없다.

하지만 어쩌나. 휴식에 관해 쓰기로 한 자가 치러야 할 비용이다. 그간 그러모았던 수많은 휴식의 노하우는 고이 간직했다가 이 책을 펴낸 이후에 다시금 꺼내 볼 것이다. 그때가 되면 책에 썼던 것들을 조금 더 잘 누릴 수 있으리라 기대한다. 나는 그제야 비로소 쉴 수 있을 것만 같다.

10시까지 하루 일의 반을 하지 않은 사람은 나머지 반도 못 하기 일쑤지요.

— 에밀리 브론테, 『폭풍의 언덕』(김종길 옮김, 민음사, 2005)

에밀리 브론테에게는 '하루 일의 절반을 반드시 오전 10시까지 해낸다'는 규칙이 있었다. 그 후는 완전한 자유 시간으로, 산책을 하든 남은 일을 마저 하든 잠을 자든 상관없다.

유연하면서도 담백한 이 루틴은 '노동의 효율' 관점에서 매우 유용해 보인다. 작가 데니스 뇌르마르크와 아네르스 포그 옌센은 자신들의 저서 『가짜 노동』(자음과모음, 2022)을 통해 다음과 같이 말한다.

"만일 사람들에게 어떤 일을 할 수 있는 10시간이 주어진다면 그들은 10시간을 사용할 것이다. 하지만 똑같은 일에 25시간이 주어진다면 놀랍게도 그 일은 결국 25시간이 걸릴 것이다."

이유인즉슨 자신이 '잉여 인력'이 되길 원치 않는 사람들은 무슨 일을 해서든 주어진 근무 시간을 채우려고 하는데, 그 결과가 "최대한 천천히 일하고, 삼중으로 확인하고, 잠깐씩 딴 데 신경을 분산"시키는 행동으로 이어진다는 것이다. 책에 따르면 이러한 노동은 '가짜 노동'이다. 불필요하게 길어진 업무 시간은 필연적으로 휴식의 양과 질에 악영향을 끼친다. 일과 쉼, 두 마리 토끼를 연달아 놓치는 악순환이 계속된다.

둘 사이에서 어중간하게 부유하지 않기 위해 요즘엔 에밀리 브론테의 습관을 베껴 쓰고 있다. 오전 10시까지는 무리지만 적어도 오후 두세 시까지는 할 일들을 모두 마치려 한다. 성공하면 꼭 반차를 쓴 것처럼 홀가분하다. 할 일을 잘 마쳤다는 안도감과 기나긴 오후를 내 마음대로 부릴 수 있다는 자유로움 속에 해가 저문다. 상쾌한 일몰이다. (물론 에밀리 브론테의 방식을 모방하기 힘든 경우도 있다. 출퇴근 시간이 정해져 있거나 업무가 지나치게 과중하다면 이를 따르기 어렵다. 모쪼록 이 글을 회사의 결정권자들이 새겨 읽기만을 바랄 뿐이다.)

아직 어둠이 마을에 있을 때

나는 일어났네요

— 김용택, 『모두가 첫날처럼』 중 「내 아침의 그곳」(문학동네, 2023)

좋아하는 말이 있다. 뇌과학자 러셀 포스터의 말이다.

"제 경험상 아침형 인간과 저녁형 인간의 유일한 차이점은 일찍 일어나는 사람들이 단지 지나치게 우쭐댄다는 정도입니다."

뼛속까지 올빼미형 인간인 나는 『미라클 모닝』(할 엘로드, 한빛비즈, 2016)을 위시한 책들이 아침형 인간의 장점을 열거하며 새벽을 활용하는 것이 성공의 비결이라고 말하는 것에 동의하지 않는다. 아침형 인간과 저녁형 인간 사이에는 우위랄 게 없고, 저마다 각자의 조건과 성향에 맞게 자고 깨는 법이라고 생각하기 때문이다. 하지만 이런 내게도 특별한 아침을 맞이한 경험이 있다.

어느 날, 문득 이른 새벽에 눈이 떠졌다. 해가 긴 여름인데도 동이 트지 않은, 그야말로 고요한 새벽이었다. 평소 같았으면 금세 다시 잠들었겠지만, 그날은 유난히 정신이 또렷해서 다시 잠들지 못했다. 조용히 주방으로 가 물 한 잔을 떠와 소파에 앉았다. 사방이 고요했다. 휴대전화에서는 그 어떤 알람도 울리지 않았다. 업무 메일도, 메시지도, SNS 알림도, 뉴스레터도 없었다. 나를 방해하는 것이 하나도 없었기에, 나만의 속도에 맞춰 천천히 스트레칭하고 몸과 마음을 깨울 수 있었다. 분주함도, 다급함도 없는 아침이었다.

가끔은 그날 새벽의 고요함이 그리워진다. 정오가 넘은 시각에 불에 덴 듯 벌떡 일어나 쏟아진 일거리를 처리하는 날에는 더더욱 그렇다. 일과 후의 휴식에만 의존하며 살아온 내게, 그날의 새벽은 일과 전의 휴식도 요긴할 수 있으며 심지어 달콤하기까지 하다는 것을 알게 해 주었다. 아침형 인간들이 우쭐대는 것도 제법 납득할 만하다.

"여긴 도서관인걸요." 내가 말했다.

"원하는 만큼 있어도 돼요.

티슈도 갖고 계세요. 내키면 책도 읽고."

— 앨리 포진, 『사서 일기』(엄일녀 옮김, 문학동네, 2023)

"언제부터 책을 좋아했나요?"라는 질문을 자주 받는다. 어릴 적부터 책 읽는 버릇을 들여야 커서도 책을 좋아한다는 통념과는 다르게 나는 스무 살이 되어서야 독서에 재미를 붙였다. 시작은 도서관이었다.

유난히 내성적이었던 나는 대학교 생활에 좀처럼 적응하지 못했다. 낯선 선배들과 교수들에게 큰 소리로 인사하는 것도, 데면데면한 동기들과 살가운 체하며 대화를 나누는 것도 모두 곤욕스러웠다. 내게는 외부와 차단될 수 있는 나만의 공간이 필요했다. 그곳이 바로 도서관이었다. 공강이 생길 때마다 도서관으로 줄행랑을 친 나는 누군가와 눈 마주칠세라 얼른 아무 책이나 움켜쥐고 독서를 했다. 그러다 얼렁뚱땅 책의 매력에 빠져들었던 것이다.

일본의 팝 밴드 세카이 노 오와리SEKAI NO OWARI의 멤버이자 작가인 후지사키 사오리 역시 학교생활에 적응하지 못해 책으로 숨어들었다고 고백한다. 짐짓 문학소녀인 척, 아무도 없는 도서실에 숨어들어가 책에 얼굴을 파묻고 우는 그의 모습을 나는 쉽게 상상할 수 있다. 어떤 사람들에게 책과 도서관은 쉴 틈이 되어준다. 숨 쉴 공간을 확보하기 위해 가슴 앞으로 손을 둥글게 모으듯 책 속으로 파고드는 사람들이 세상 어딘가에는 있다.

책을 사서 보는 요즘엔 발길이 뜸해졌지만, 지금도 강연을 하거나 자료를 찾으러 도서관에 가곤 한다. 부유하는 먼지와 쿰쿰한 책 냄새, 발소리를 죽인 채 책장 사이를 걸어 다니는 사람들, 드문드문 들리는 책장 넘어가는 소리와 바코드 찍는 소리. 그 모든 장면이 내 마음을 차분하게 한다. 그 안을 자분자분 거니는 것만으로도 마음의 열기가 가라앉고 호흡이 잔잔해진다. 나의 오랜 안식처. 그 존재가 그저 고맙다.

천천히 바닥을 기어

벽을 짚고 일어난다.

— 양현, 『단정한 반복이 나를 살릴 거야』(미디어창비, 2022)

새로운 루틴이 생겼다. 몇 시에 일어나든 기상 직후 한동안은 휴대전화를 보지 않는다. 시간을 엄격히 정해 놓고 지키는 것은 아니고, 다만 갓 내린 커피 한 잔을 따라 놓고 그 커피를 다 마실 때까지 모든 자극과 단절된 상태를 유지한다.

날마다 전해지는 폭력적이고 날 선 뉴스에 피로를 느끼고, SNS를 둘러보며 지인들의 소식을 접한다는 반가움보다 열등감과 초조함이 밀려오고, 눈뜨자마자 어제 못다 한 일과 눈앞에 산재한 과업들에 짓눌리는 느낌을 받던 그 어느 날부터 생긴 루틴이다.

잠시 붙들어 둘 수는 있어도 결코 완전히 등 돌리지는 못할, 소란한 이 세계로 돌아오기 위해 나는 얼마간의 고요함을 누적한다. 추슬렀다 뛰어든다.

하늘에 주파수를 맞추는 것은
곧 느려짐을 의미한다.

— 개빈 프레터피니, 『날마다 구름 한 점』(김성훈 옮김, 김영사, 2021)

요 며칠간 짹짹이네 집에서 지내며 하늘 구경의 즐거움을 만끽하는 중이다. 이곳이 가파른 언덕 위에 지어진 옥탑 방이기 때문이다. 틈날 때마다 테라스에 나와 하늘과 도시를 번갈아 바라보는 재미가 쏠쏠하다.

빌라가 조밀하게 모인 우리 집은 창문을 열어 봐도 도무지 눈 둘 곳이 없다. 이웃집이 코앞에 붙어 있어 풍경이라고는 회색 벽들뿐이고, 여차하면 이웃집을 빤히 들여다보는 모양새가 되니 주변 둘러보기가 조심스럽다. 하지만 이곳에는 볼 것이 많다. 머리 위에 거침없이 펼쳐진 하늘과 구름, 나지막한 산들, 도로를 따라 죽 늘어선 빌딩과 어렴풋이 보이는 한강의 윤슬 같은 것들이 날마다 새로운 낙이 되어 준다.

무언가를 바라보는 행위로부터 강렬한 즐거움을 얻었던 화가 데이비드 호크니는 '보는 것'이 매우 긍정적인 행위이며, 늘 신중하게 그 행위를 해야 한다고 말했다. 그가 말한 즐거움을 이제는 이해할 수 있을 것 같다. 응시와 관조, 멈춤과 경탄이 교차하는 옥탑 위에서 나는 어제보다 조금 더 한아해지는 중이다.

일시적으로 무너진 몸을 극복할 방법은

언제나 있다. 몸에 기회를 주기만 하면 된다.

색깔, 냄새, 약간의 음악.

— 엘리자베스 문, 『잔류 인구』(강선재 옮김, 푸른숲, 2021)

중요한 자리에 갈 땐 차림새를 갖추려고 노력한다. 체형에 잘 맞는 옷과 깨끗한 신발, 그와 결을 같이하는 액세서리와 향수까지 곁들이면 바깥으로 향하는 발걸음에 조금 더 힘이 붙는다.

내면에 집중하고 싶을 땐 오감을 코디한다. 활기가 필요하다면 창문을 활짝 열어 자연광을 들이고 집 안의 온도를 낮춘다. 시원하고 싱그러운 음식들을 찾아 먹고, 경쾌한 음악을 들으며 가볍게 몸을 움직인다. 차분하고 안락한 분위기가 필요하면 형광등을 끄고 따스한 불빛의 보조등을 켠다. 향을 피우고 느린 템포의 재즈를 듣는다.

옥스퍼드 통합감각연구소 소장인 찰스 스펜스는 자신의 저서 『일상 감각 연구소』(어크로스, 2022)를 통해 "감각에 아주 작은 변화를 주는 것만으로도 더 건강하고 행복한 삶을 살 수 있다"고 주장한다. 피부색과 체형을 분석해 자신에게 맞는 차림새를 갖춰 나가듯, 오감에 집중해 일상을 살펴보면 어떨까. 촘촘한 기쁨을 찾는 탐구가 될 테니까 말이다.

달빛은 청소부처럼

모든 것을 가져간다.

— 신용목, 『비를 만드는 사람』(난다, 2023)

사나운 하루를 보낸 날에는 그저 해가 진다는 것만으로도 안도감
이 든다. 그런 날에는 스스로를 공들여 다독인 후 평소보다 서둘
러 불을 끄고 눕는다. 익숙한 사물들이 어둠 속 윤곽이 된다. 오
늘이 지나간다.

이제 쓸모없는 일을 해 봅시다.

그것이 당신의 삶을 바꾸어 주고, 여유 있고

행복한 일상을 보내도록 해 줄 것입니다.

— 박종호, 『클래식을 처음 듣는 당신에게』(흐름출판, 2021)

턴테이블로 음악을 들을 땐 딴짓을 하기가 어렵다. 틀어 두기만 하면 몇 시간이고 재생되는 스트리밍 서비스와는 다르게 LP는 한 면당 길어야 20여 분 정도를 들을 수 있을 뿐이다. 게다가 재생이 끝나면 바늘 끝이 상하지 않도록 곧장 바늘을 거둬 주거나 판을 돌려 주어야 하니 여러모로 손이 많이 가는 행위가 아닐 수 없다. 하지만 턴테이블의 이러한 번거로움은 단점이라기보단 장점에 가깝다. 20분의 음악을 듣기 위해 20분의 시간을 고스란히 투자하는, 그야말로 성실한 재미를 느낄 수 있기 때문이다.

풍월당의 설립자이자 작가 박종호는 "클래식 감상은 시간을 투자하는 취미"라며, 줄일 수도 없고 넘어뛸 수도 없는 음악 청취의 즐거움에 관해 이야기한다. 나는 그가 말한 즐거움이 턴테이블로 음악을 들을 때의 행복과 통하는 구석이 있다고 생각한다. 그저 소리가 들려오기에 듣는 것이 아닌, 적극적으로 따라가며 듣는 음악은 청취자에게 커다란 몰입의 기쁨을 선사한다. 무언가에 열중했다 빠져나온 정신은 어딘가 산뜻하고 말끔해진다. 내가 턴테이블을 아끼는 이유다.

그것은 영어로 설명하기엔 너무 아름다워요.

퍼퍼위.

— 로빈 월 키머러, 『향모를 땋으며』(노승영 옮김, 에이도스, 2020)

로빈 월 키머러의 『향모를 땋으며』를 읽다가 '퍼퍼위'puhpowee라는 눈부신 단어와 마주쳤다. 퍼퍼위는 "밤중에 버섯을 땅에서 밀어 올리는 힘"을 뜻하는 포타와토미 족의 언어다. 이 비밀스럽고 찬란한 단어를 알고 난 후로는 밤이 더욱 소중하게 느껴진다. 어둠이 사방을 빈틈없이 에워쌀 때면 이렇게 생각하게 되는 것이다. 자라고 있구나. 잠들고 쉬면서 피어나고 있구나.

"오리 소리 들으러 간다." 할머니가 말했다.

소피아는 옷을 입었고, 둘은 함께 길을 갔다.

— 토베 얀손, 『여름의 책』(안미란 옮김, 민음사, 2019)

둘레길이나 공원을 산책할 땐 이어폰을 끼지 않는다. 재미있는 소리를 많이 들을 수 있기 때문이다. 요즘 같은 늦여름엔 철새들이 하늘을 날아가며 내는 소리가 자주 들려온다. 구르륵, 구륵. 깍. 반가운 소리에 하늘을 올려다보면 새들이 무리 지어 날아가는 장관을 감상할 수 있다. 그뿐만이 아니다. 노래하듯 우는 산비둘기 소리, 두꺼워지기 시작한 밤나무 잎이 바람에 나부끼는 소리, 날벌레가 작게 윙 하며 날아가는 소리로 귓가가 기분 좋게 소란하다.

음악 기자 김호경은 『아무튼, 클래식』(코난북스, 2021)에서 이렇게 썼다. "과거에는 아무 소리도 들리지 않는 정적, 침묵의 상태를 고요로 정의했다면 오늘날에는 미세한 작은 소리까지 명확히 들어 낼 수 있는 환경을 고요라고 말한다." 모처럼 도시의 소음에서 벗어난 나는 고요 속에 있다.

벌써 9월이라니, 올해의 여름 산책도 이제 얼마 남지 않았다. 아쉬워하며 걷는 동안 머리 위로 접히듯 어둠이 내린다.

어쩌면 현실에 무엇이 있는지

볼 시간이 필요한가 봐요.

— 존 버거 외, 『어떤 그림』(신혜경 옮김, 열화당, 2021)

여행지에 있을 때면 종종 그림을 그린다. 거창할 건 없다. 손바닥만 한 작은 수첩에 아무 연필로나 끄적거려 보는 게 전부다. 경치 좋은 카페에 앉아 맥주나 커피를 홀짝거리며 그림을 그리다 보면 사방의 풍경이 온몸에 선명하게 각인된다. "대상을 사진으로만 찍는다면 드로잉 할 때만큼 유심히 보지 않을 것"이라는 호크니의 말을 실감하는 순간이다.

그림에 소질이 있든 없든 상관없다. 그릴 수 있는 것은 그린다. 미처 그리지 못하고 지나가는 것은 흘려 보낸다. 미묘하게 형태를 바꾸는 빛과 그림자를 관찰한다. 멈춰 있는 듯하지만 끊임없이 변화하는 풍경을, 느린 듯하지만 빠르게 흘러가는 시간을 감각하다 보면 '본다'는 말이 새삼 강렬하게 다가온다. 농밀한 바라봄의 순간이다.

"불 빌려 드릴까요?"

"고맙습니다."

다른 한 명이 담뱃갑을 내밀며 말한다.

"그쪽도 한 대 피우시죠."

— 촌 뷔기 외, 『스모크』(김현우 옮김, 열화당, 2016)

패션 회사에서 근무하는 레이철은 열성적인 신입사원이다. 새로운 팀에 배정되어 열심히 일하던 어느 날, 담배를 피우러 나갔던 상사와 동료가 흡연 중에 업무상 중요한 결정을 모두 내리고 돌아왔다는 사실을 알게 된다.

"계속 그러면 어쩌지? 둘이 담배 피우면서 다 결정하는 동안 나 혼자 사무실에 앉아서 바보같이 맑은 공기나 마셔? 이러다 승진 자리가 나면 상사가 누굴 뽑겠어? 나겠어, 그 골초겠어?"

레이철은 중요한 기회를 놓치지 않기 위해 피우지도 않는 담배를 물고 흡연실로 들어선다. 미드『프렌즈』의 한 에피소드다.

그저 담배 한 대 피우겠다며 나간 사람들이 갑자기 중요한 얘기들을 수두룩하게 하고 올 줄 누가 알았겠는가? "흡연도 업무의 연장"이라든지, "흡연실 같은 편안한 공간에서 창의적인 이야기가 나온다"고들 얘기하지만 그러지 말자. 각기 다른 방법으로 쉬더라도, 일 처리는 공정해야 하니까 말이다.

고독은 종종 다른 사람들과의

관계를 배경으로 두고 즐길 때 가장

흡족하고 가장 유익하다.

— 캐럴라인 냅, 『명랑한 은둔자』(김명남 옮김, 바다출판사, 2020)

당신은 삶을 운용하는 데 필요한 에너지를 어디서 충전하는가? 외부에서 사람들과 함께 어울리며 기운을 북돋는다면 외향인, 집 안에서 혼자 머물며 에너지를 충전한다면 내향인일 가능성이 크다.

극도의 내향형 인간인 나는 타인과 어울릴 때 빠르게 기력을 소진한다. 아무리 친한 친구라 해도 마찬가지다. 그들을 아끼고 사랑하는 마음과는 별개로, 사람을 만날 땐 얼마간의 방전을 각오하고 집을 나서야 한다.

하지만 이러한 만남이 단지 기운을 소모하는 일일 리 없다. 함께 부대끼는 동안 그들이 내게 전해 주는 애정과 응원, 일상의 희로애락을 나누는 일부터 시시콜콜한 농담 따먹기까지, 그 모든 것들이 오래도록 내 안에 남아 은근한 힘이 되어 주니 말이다.

문득 혼자인 게 외롭고 서럽게 느껴지는 날이면 타인들이 내게 건네 준 사랑스러운 기억을 아름아름 풀어 본다. 고독 뒤에 그들이 있어 주어 다행이라고 여기며 홀로 있음의 무사함을 만끽한다. 아름다운 관계의 아이러니다.

"한 시간 정도야 뭐 그리 대순가?"

"저 영감보다 젊은 나한테는 소중한 시간이죠."

"한 시간이긴 마찬가지야."

"영감 같은 말을 하는군요. 그 영감은 술을 사다가 집에서 마시면 되잖아요."

"그것하고는 다르지."

— 어니스트 헤밍웨이, 『깨끗하고 밝은 곳』(김욱동 옮김), 민음사, 2016)

2023년 8월 25일, JTBC『뉴스룸』에서는 공항에서 시간을 보내는 노인들을 취재했다.● 삼삼오오 모여 장기를 두거나 이착륙하는 비행기를 구경하는 노인들은 공항이 "눈치 볼 것 없어서" 좋다고 말한다.

취재 기자가 묻는다. "카페나 영화관 이런 데는 안 가세요?"

한 노인이 대답한다. "생전 안 가지. 노인들이 가면 싫어하잖아요, 젊은 사람들이."

'노키즈존'에 이어 기어코 '노시니어존'까지 생기고 말았다. 한 카페에는 "60세 이상 어르신 출입 제한"이라는 공지가 붙었다. 그 앞에서 허망해질 노인들의 발걸음을 떠올리니 마음이 짓눌리듯 갑갑해진다. 왜 그들의 휴식이 이토록 어려운 것이어야 하는가. 그 알 수 없는 경계선 속에서 정말로 민망해야 할 사람은 누구인가.

● JTBC『뉴스룸』밀착 카메라, 2023년 8월 25일, "'눈치 보여서'" 공항으로… 여전히 갈 곳 없는 노인들'.

あの月に
教へられたの
月見哉

저 달에게 배우는
달구경이어라

8월의 마지막 날 밤에는 커다란 보름달이 떴다. 이번 기회를 놓치면 14년 후에나 볼 수 있을 정도로 큰 달이란다. 하늘을 올려다보니 달이 정말 눈부시도록 크고 환해서 쨱쨱이와 나는 테라스에 앉아 맥주를 마시기로 했다. 편의점에 안줏거리를 사러 가다 달구경을 하러 나온 동네 할머니들을 만났다.

한 할머니가 말한다. "어디 가?"

다른 할머니가 대답한다. "달구경 하러." 그는 곧 양손을 크게 휘두르며 덧붙인다. "달이 엄청 커."

한 손에는 재활용 쓰레기봉투를, 한 손에는 전기 모기채를 든 할머니가 하늘을 향해 고개를 쭉 뺀다.

"어디 있어? 안 보이는데."

"저 너머에 있어, 저기에."

뒤뚱뒤뚱 멀어지는 할머니들을 바라보며 우리는 골목길을 빠져나왔다. 편의점으로 향하는 짧은 시간 동안 하늘을 올려다보는 사람들을 몇 명이나 더 만났다. 달구경을 하는 사람들은 모두 느리게 걸었고, 느슨하게 벌어진 입은 미소를 띠고 있었다. 그 무해하고 헐거운 모습을 보는 게 즐거워서 나도 느릿느릿 더딘 걸음을 걸었다.

휴식을 위한 완전무결한 상황은 없다.

의심할 나위 없이 순수한 휴식은

세상 어디에도 존재하지 않는다.

— 우지현, 『휴업!』(위즈덤하우스, 2021)

어느 날 골디락스라는 이름의 소녀가 숲속 곰 가족의 집으로 찾아든다. 식탁에는 수프 세 그릇이 놓여 있다. 하나는 너무 뜨겁고, 하나는 너무 식어 있어서 골디락스는 가장 먹기 좋은 온도의 수프를 골라 맛있게 먹는다. 밥을 먹고 노곤해진 골디락스는 세 개의 침대가 놓인 침실로 들어간다. 하나는 너무 딱딱하고, 하나는 너무 물렁해서 골디락스는 가장 눕기 좋은 편안한 침대를 골라 한숨 푹 자고 일어난다. 이 소녀의 이름은 이후 '딱 좋은 상태'를 가리키는 단어로 널리 사용된다.

명상을 할 때면 마음 한편에 숨어 있던 골디락스가 고개를 든다. 딱 적절한 타이밍에, 완벽하게 안락한 곳에서, 아무런 방해도 없이 명상에 몰두하고 싶어진다. 조건만 갖춰진다면 대번에 명상의 대가가 되기라도 할 것처럼.

하지만 인간의 삶이라는 게 어디 그렇게 흘러가던가. 때로는 소음이 귀를 뚫고 들려와 거슬리기도 하고, 뜻밖의 소식과 호출이 날아들어 훼방을 놓을 때도 있는 법이다. 하물며 유명한 명상센터에 들어가 봐도 마찬가지다. 춥거나 덥고, 수시로 벌레가 들러붙고, 사람들의 재채기하거나 부스럭거리는 소리가 들려오기 마련이다.

외부 환경을 바꾸는 데는 한계가 있다. 우리는 한정된 공간에서 누군가와 어울려 살고 있으니, 완벽해지길 바라는 것은 무리다. 그러니 주위를 통제하려 들지 말고 외부 환경에 반응하려는 내 마음을 다스려야 한다. 철학자 라르스 스벤젠의 말처럼, 우리는 외부의 사건에 영향을 받는 게 아니라 그것을 해석하는 내 마음에 영향을 받는다. 완전무결한 휴식은 없다.

침낭 속에서 그는 가만히 별을 바라보았다.

별은 좋겠다, 카드 값 걱정 안 해서……。

— 이기호 외, 『웬만해선 아무렇지 않다』(마음산책, 2016)

엄마는 일을 쉬지 않는다. 이 일을 못 하게 되면 저 일을 배우고, 이 직장을 그만두면 저 직장으로 재빨리 옮겨 간다. 이참에 좀 쉬라고 하면 단호히 말한다.

"돈이 있어야 쉬지. 돈 없으면 쉬는 게 쉬는 게 아냐."

엄마의 말이 의심할 데 없는 사실이라는 게, 서른 중반을 훌쩍 넘긴 내가 단 한 달만이라도 엄마의 쉼을 보장해 주지 못한다는 게 슬프다. 숨만 쉬어도 돈이 줄줄 새는 세상. 구멍 뚫린 항아리에 물을 붓느라 오늘도 엄마와 나는 일손이 바쁘다.

가까운 곳에 소풍할 만한 산수가 없으면

정서를 화창하게 하지 못한다.

— 이중환, 『택리지』

도시는 욕망을 자극한다. 즐비한 아파트 단지와 자동차들을 보면 이 많은 집 가운데 내 집, 내 차 하나가 없다는 사실이 씁쓸해진다. 길가에 늘어선 가게들은 휘황찬란한 자태를 뽐내며 이 물건들을 어서 '당신의 물건'으로 만들라고 부추긴다. 도시의 풍경은 끊임없이 소유를 헤아리게 하고, 충분히 가지지 못한 나의 처지를 불만스럽게 만든다. 도시를 거니는 일을 사랑하지만, 도시에서만 머물 수 없는 이유다.

반면 자연에서는 소유를 가늠할 일이 없다. 모든 것을 누릴 수 있으면서도 그 무엇도 내 것일 수 없기에 욕심을 부릴 이유가 없다. 끊임없이 마음을 들쑤시는 도시와는 달리, 자연은 내 마음속에 있는 저울을 무용하게 만든다. 견물생심을 빗겨 난 이곳에서는 어느 것도 잴 필요가 없다. 그저 오감을 활짝 열어 둔 채 눈앞의 풍경을 만끽하면 된다. 맑고 투명한 회복의 공간인 자연을 사랑하는 이유다.

지금 이곳에 공원을 만들지 않는다면,

100년 후에는 이 넓이의 정신병원이

필요할 것이다。

— 프레더릭 로 옴스테드

집을 휴식의 뿌리이자 안락의 보고로 여겨 왔던 내게 코로나 19가 준 충격은 컸다. 거리 두기 기간이 길어질수록 집은 원래의 아늑함을 잃고 다만 머물기 곤욕스러운 장소로 변모해 갔다. 나를 가장 괴롭게 했던 것은 방 안에 고인 텁텁한 공기와, 벽으로 가로막힌 답답한 시야였다. 좁은 창문으로 들어오는 바람을 맞으며 간신히 하루를 버티다가 인적 드문 밤이 되면 마스크를 끼고 나가 도둑처럼 살금살금 동네 한 바퀴를 돌고 오는 나날이 이어졌다.

　뉴욕 센트럴파크의 경관을 설계했으며 미국 각지 수많은 공원 설계에 관여한 프레더릭 로 옴스테드는 자연 풍경이 바쁘고 지친 도시민들에게 정신적 행복감을 가져다준다고 보았다. 팬데믹 당시 녹지를 누릴 수 없었던 사람들의 심리적 건강이 악화되었다는 연구 결과들이 그의 생각을 증명해 주는 듯하다.

　전염병으로 인한 거리 두기가 종료된 후 나는 밀린 빚을 받아 내려는 사람처럼 열심히 공원으로 향했다. 시시각각 달라지는 바람의 결을 느끼고, 자유분방하게 뒤섞인 색을 바라본다. 분명하게 흘러가는 시간 속에서 한없이 느슨해지는 발걸음을 즐긴다. 집 밖에서의 휴식 또한 이토록 달콤할 수 있다는 걸 깨닫는 요즘이다.

공원은 부자와 가난한 사람, 젊은이와

노인, 포악한 사람과 고결한 사람 모두에게

건강한 오락을 제공해야 한다.

— 센트럴파크 설표문 중에서

건축가 유현준은 책과 방송을 통해 여러 차례 벤치의 부족을 언급했다. 브로드웨이에는 900미터 구간에 약 170여 개의 벤치가 있는 데 비해 서울 신사동 가로수길에는 같은 구간에 벤치가 단 3개뿐이다.

마땅히 머물 만한 곳을 찾지 못한 이들은 카페로 찾아든다. 음료와 함께 '앉을 자리'를 구매하는 식인데, 이렇게 공간이 유료화할 경우 사람들은 소득 수준이나 사회적 지위에 따라 서로 다른 곳에 머물게 된다. 그 결과 집단 간 갈등이 심화하며, 동시에 '도시 공통의 추억'을 만들기가 어려워진다고 유현준은 지적한다.

그의 이야기를 듣는 동안 내가 떠올린 것은 높이 솟아 오른 바벨탑의 이미지였다. 바벨탑이 놓인 후 인간은 서로 다른 언어를 가지게 되었고, 소통이 단절된 사람들 사이에서 불신과 오해가 퍼져 나갔다. 날카롭게 구획된 휴식의 경계선 속에서 우리 사회 역시 더욱 불화하는 것은 아닐까? 서로 다른 어항에 담긴 물고기처럼 동떨어져 지내는 동안 자신의 세계만을 전부라고 믿게 된 것은 아닐까? 타인이 어떤 방식으로 존재하며, 어떻게 유희하고 휴식하는지 건너다보기 위해서는 모두가 함께 머무를 공간이 있어야 한다. 우리에게는 더 많은 벤치와 공원이 필요하다.

"왜 있잖아요. 뭘 해도 잘 안 될 때가요.

뭘 해도 안 되는 그럴 때. 그럴 때는

뭐랄까…… 말투는 좀 이상해도 신이 주신

휴가라고 생각해요.''

— 드라마 「롱 베케이션」(나가야마 고조 연출, 1996)

『주역』에서는 우주가 순환하는 원리를 원형이정元亨利貞으로 표현한다. 네 글자에는 각각 사계절을 대입할 수 있다. 원元은 만물이 시작되는 봄, 형亨은 모든 생명이 맹렬하게 성장하는 여름, 이利는 뿌린 것을 거두고 이루는 가을, 정貞은 모든 열매를 다 떨군 채 웅크리고 휴식하는 겨울에 해당한다.

　　되는 게 하나도 없고 모든 일이 꼬이기만 할 때가 있다. 안 좋은 일들이 첩첩산중으로 일어나고, 몸과 마음이 하한선도 없이 나락까지 추락할 때가. 그럴 때는 인생이 겨울로 접어들었다고 생각한다. 부지런히 성장하고 거두었으니 지금은 애쓰지 말고 쉬어야 할 때라고, 아무것도 하지 않는 것처럼 보여도 다음번 봄에 싹을 틔울 힘을 비축하고 있는 거라고 생각한다. 겨울은 모든 절기의 시작이자 끝이며, 모든 번영의 양 끝에는 쉼이 있어야 한다.

근데 사영아, 나는 이런 생각이 든다. 집이 없는

우리도 그 참새 같다는 생각. 정착하지

못하는 우리가 바로 그 참새 같다는 생각.

어디에도 내려앉아서 쉴 수가 없잖아.

— 이서수, 『젊은 근희의 행진』 「발 없는 새 떨어트리기」(은행나무, 2023)

이서수의 소설집 『젊은 근희의 행진』 속 주인공들은 고단하다. 꿈을 좇느라 가난을 면치 못하고, 현실과 타협했어도 삶이 순탄하지 않다. 그들은 번듯한 직장도, 애틋한 연애 관계도, 안정적인 주거지도 없이 청춘의 한가운데를 고달프게 꾸역꾸역 통과한다. 소설은 이러한 등장인물들의 처지를 마오쩌둥 시절 박멸되었던 참새에 비유한다.

1958년 중국은 마오쩌둥의 지시 아래 '제사해 운동'을 실행한다. 제사해는 '네 가지 해충을 제거한다'는 뜻으로, 그 해충은 참새, 들쥐, 파리, 모기였다. 참새가 쌀알을 축낸다고 생각한 당시 사람들은 참새를 없애기 위해 다양한 방법을 강구하는데, 그중 하나는 참새를 어디에도 내려앉지 못하게 하는 것이었다. 사람들이 낫을 휘두르고 꽹과리를 쳐 대는 통에 참새는 잠시도 쉴 수 없었고, 이내 피로와 고단함에 지쳐 땅으로 뚝뚝 떨어져 죽었다. 이서수의 소설은 쉴 곳을 잃은 참새의 모습과 정착하지 못하는 청춘들의 모습을 겹쳐 그려 낸다. 연일 전세 사기 소식이 전해진다. 사기 피해자 중 열에 일곱은 20~30대 청년들이다. 평생 돈을 모아도 살 수 없을 정도로 치솟는 집값과 좀처럼 사그라지지 않는 고용 불안 속에서, 청춘들은 기반을 잃고 흔들린다.

참새 이야기로 돌아가 보자. 제사해 운동의 결과, 중국은 심각한 생태계 불균형을 겪었다. 농업 해충이 창궐하자 대기근이 촉발됐고, 중국 공산당은 결국 소련에서 참새를 공수해 와야 했다.

쉴 곳을 잃어버린 청년 세대가 기운을 모두 소진한 채 땅으로 떨어지면 우리 사회가 잃는 것은 무엇일까. 자명한 사실은, 모두가 그 결과를 함께 감당해야 하리라는 점이다.

굳이 이 밤에 누군가가 달려야 할 때

너를 이용하여 가만히 편리해도 되는지

— 김이듬, 『표류하는 흑밤』 「게릴라성 호우」(민음사, 2017)

밤늦게 영화를 보다 문득 출출해져서 슬리퍼를 꿰어 신고 집앞 편의점으로 향했다. 골목길을 돌아서는데 대기업 로고가 크게 박힌 배달차가 앞을 막아섰다. 운전석에서 뛰어내린 배달 기사가 트럭 뒤편의 문을 열었을 때 나는 깜짝 놀라고 말았다. 이미 자정에 가까운 시간임에도 트럭 안쪽으로 배달할 물건이 잔뜩 남아 있었다. '저걸 언제 다 배송하지?' 내가 놀란 얼굴을 숨기고 애써 시선을 거두는 동안, 그는 종종걸음으로 박스 몇 개를 챙겨 건너편 빌라로 들어갔다.

배달하는 지인들의 이야기를 종종 전해 듣는다. 정해진 배달량을 채우기 위해 동이 트기 전에 나가서 자정이 훌쩍 넘어 들어온다는 얘기를, 밥 먹을 시간조차 없어서 운전하면서 끼니를 해결하는 경우도 허다하다는 얘기를 듣는다. 업체와 기사가 맺고 있는 독특한 계약 형태 때문에 몸이 아파도, 피치 못할 사정이 생겨도 쉴 수 없다고 했다.

바로 지난달에도 한 대기업의 배달 노동자들이 파업했다. 그들의 요구사항은 폭염 때만이라도 시간당 10분을 쉴 수 있게 해 달라는 것이었다(파업 당시 그들의 휴게 시간은 하루에 고작 20여 분이었다). 과중된 업무와 더위 때문에 하루에도 몇 명씩이나 사람들이 기절했다. 노동자들은 잠시의 휴식으로 건강과 안전을 지키게 해 달라고 목소리를 높였다.

내 일상에도 작은 변화가 생겼다. 비가 쏟아질 땐 배달 음식을 시키지 않는다. 주문한 상품이 늦어져도 어지간해서는 재촉하지 않는다. 당일배송 주문을 차차 줄여 나간다. 그렇지만 방금 도착한 문자가 이 글을 무색하게 만든다.

"오늘 16~18시 고객님의 소중한 상품이 배송 예정입니다."

바로 어제 주문한 택배다.

우리가 앞으로 내달리느라 바쁜 나머지

옆에서 숨을 헐떡이며 쓰러져 가는

사람을 그냥 지나치고 있는 건 아닌지

고쳐 묻고 싶었다.

— 뚜우 뻐두나(「씨네21」인터뷰 중)

『다음 소희』(정주리 연출, 2023)는 전주 콜센터 현장실습생 자살 사건을 소재로 한 영화로, 고등학생 소희의 모습을 그려 낸다. 열여덟 살 남짓의 어린 학생들이 갖은 욕설과 성희롱에 시달리며 전화 상담을 하는 사이, 회사는 실적 순위표를 벽에 붙여 놓고 아이들을 압박한다. 소희가 휴게 시간을 모조리 반납해 가며 열심히 실적을 채워 보지만 회사는 실습생이라는 이유를 내세워 월급조차 제대로 지불하지 않는다.

연이은 고통에 소희는 간절히 퇴사를 원하지만 그의 바람은 거듭 좌절된다. 가족과 담임선생님은 "너는 달라, 너는 할 수 있어"라며 소희를 다시 일터로 떠밀고, 학교와 교육청은 성과를 경쟁하느라 정신이 없다. 회사는 계속 "하기 싫으면 하지 마, 누가 떠다밀었어?"라고 외치며 아이들을 대체 가능한 부품처럼 소모한다. 아이들에겐 이 부당한 노동의 굴레에서 벗어날 힘이 없다. 그저 썩어 문드러지는 속에 방부제를 털어 넣듯 술을 마셔 댈 뿐. 소희가 끝내 자살로 생을 마감하자, 어른들과 기관들은 사고에 대한 책임을 수건돌리기 하듯 서로에게 떠넘긴다. 진상을 파악한 형사 유진은 절망적인 목소리로 외친다.

"막을 수 있었잖아. 그런데 왜 보고만 있었냐고."

유진의 목소리를 빌려 영화는 묻는다. 우리가 뭔가 할 수 있지 않았겠느냐고. 아이들을 갈아 넣으며 쉼과, 꿈과, 웃음을 소거해 버리는 대신 더 나은 세상으로 아이들을 초대할 수 있지 않았겠느냐고 말이다.

영화는 눈 내리는 풍경을 여러 번 비춘다. 한없이 느리게 내리면서도 반짝반짝 빛이 나는 눈송이와, 쉴 새 없이 극한의 노동 환경으로 내몰리면서도 자꾸만 어두워져 가는 아이들의 모습이 대조된다. 그게 슬퍼서 영화가 끝난 이후로도 오래오래 울었다.

그냥 내가 원하는 하루면 족했다.

그래서 온전히 마음에 집중해 보기로 했다.

— 남형도, 『제가 한번 해보았습니다, 남기자의 체험 리포트』(김영사, 2020)

자신이 체험한 바를 기사로 담아 내는 『머니투데이』의 남형도 기자는 어느 날 처음으로 회사를 '땡땡이'쳐 보기로 한다. 아프다는 핑계로 연차를 쓴 그가 가장 처음 한 일은 아이러니하게도 '뭘 하고 싶은지 고민하는 일'이었다. 그는 다음과 같이 말한다.

"검색을 해 보고, 도움이 될 만한 것들도 찾아 봤다. 그러다 어쩐지 우스워졌다. 일탈마저도 '정답'을 찾으려 애쓰고 있다는 게."

2022년 11월, 취업 전문 플랫폼 잡코리아는 직장인 346명을 상대로 연차에 대한 조사를 실시했다. 한 해의 끝자락에 가까운 시기임에도 그해의 연차를 모두 소진한 직장인은 5명 중 1명에 불과했으며(21.4퍼센트), 절반에 가까운 사람들이 남은 연차를 올해 안에 모두 사용하지 못할 것 같다고 대답했다(46.5퍼센트). 연차 휴가를 사용하지 못한 이유로는 '과한 업무량'(37.9퍼센트), '상사, 동료의 눈치'(33.5퍼센트) 등의 답변이 있었는데, '특별한 일이 없어서'(37.5퍼센트)라고 대답한 이들도 많아서 눈길이 갔다. 놀라운 대답이었다. 특별한 일이 없는 한 쉬지 않겠다는 말처럼 들려서다.

2019년 세계보건기구는 번아웃 증후군을 직업과 관련된 문제 현상으로 분류했다. 모두가 업무의 과중을 경고하고 휴식의 필요성을 설파하지만, 마음 편히 쉬기 어려운 것이 현실이다. 졸리면 쉬어 가자며 졸음쉼터를 지어 놓고는 진입로를 막아 둔 격이다. 입구를 막고 있는 것은 과중한 업무, 외부의 압박, 내부의 불안, 쉼의 부재가 빚어 낸 오랜 관성이다. '굴러갈 수 있으니 굴러가자'며 고속도로를 계속 달릴 것이 아니라, 모두가 한 번쯤은 낯선 브레이크를 걸어 볼 때다. 우리가 원하는 하루는 어떤 모습인가. 누구나 그 하루를 재현할 기회를 얻길 꿈꿔 본다.

견뎌 내지 못할 때까지 버티는 건

멍청한 짓이다.

— 아르투어 쇼펜하우어, 『당신의 인생이 왜 힘들지 않아야 한다고 생각하십니까』(김욱 옮김, 포레스트북스, 2023)

방송인 유재석이 한 TV 프로그램에서 쓴 연차 신청서가 화제가 됐다. 연차 사유를 묻는 서류에 적힌 그의 답은 이러했다.

"긴히 쓸 일이 있어용."

이후 다른 방송에서 유재석은 자신이 쓴 연차 사유가 직장인들 사이에서 소소한 화제가 되었다고 고백했다.

그간 결석과 결근을 위해 지어 냈던 무수한 거짓말들이 생각난다. 신변상의 문제를 호소하는 거짓말과('열이 펄펄 끓어서 도무지 일어날 수가 없어요' '식중독에 걸렸는지 밤새 토했어요'), 짐짓 심각한 척 가정사를 들먹이는 거짓말('집에 큰일이 생겨서')이 내 단골 레퍼토리였다. 이 모든 거짓말의 핵심은 지금의 상황이 '피치 못할 긴급한 상황'임을 어필하는 데 있었다.

지금 와서 생각해 보면 왜 그렇게까지 해야 했나 싶다. 마치 노선에서 내미는 연차 신청서만이 정당하다는 듯이, 쉬고 싶으니 휴가를 신청한다는 당연한 사실이 마치 어불성설이라도 된다는 듯이 말이다.

다행스럽게도 최근에는 연차 사용 연유를 묻지 않는 회사가 늘고 있다고 한다. 옳은 일이다. 응급할 때만 연차를 쓰라는 요구는 끊임없이 사후 수습만 하라는 말과 같다. 그런 것은 휴식이 아니다.

"집에서는 대체로 누워 있어요.

함부로 앉아 있지 않아요."

— 작가 김영하(『말을쓴신젬 3』 중에서)

너무 내 얘기 같아서 한바탕 웃고 나니 어쩐지 뒷맛이 씁쓸했다. 작가님이라면 얼마든지 누워 있어도 되겠지만 저는 그러면 안 되는 거 아닐까요……?

생산성과 효율성을 요구하는 현대 사회에서 '누워 있음'은 '게으름'과 유의어다. 마음껏 누워서 뻗댈 수 있는 사람은 이미 성공을 손에 쥔 사람들뿐, 이렇다 할 성과가 없는 사람은 누울 자격조차 획득하지 못한 채 죄책감을 느끼기 십상이다.

하지만 매정한 자기검열일랑 잠시 미뤄 두고 저 말이 나온 배경을 살펴보기로 하자. 김영하 작가는 '사람이 자기 능력을 100퍼센트 다 사용해서는 안 된다고 생각한다'며, 인생에는 언제 무슨 일이 생길지 모르므로 능력의 60~70퍼센트만 사용하고 나머지는 비축해 둬야 한다고 말했다. 그러니까 "함부로 앉아 있지 않는다"라는 그의 '와식 선언'은 예기치 못한 인생의 풍랑에 대비하기 위한 요령인 것이다.

구르는 돌에 이끼 끼지 않고, 누운 나무에서는 열매가 자라지 않는다는 것이 오늘날 많은 사람의 머릿속을 지배하는 생각이다. 하지만 세간의 질타에서 벗어나 슬기로운 와식 생활을 영위하고 싶다면 꼭 기억해 두자. 신체의 편안함을 확보하는 것은 거친 인생의 바다에 닻을 내리는 일임과 동시에, 앞으로 나아가기 위한 돛을 돌보는 일과 다름없다는 것을 말이다.

근면한 현대인들이여, 인스타그램에 올릴

사진이 없는 하루야말로 휴식한 하루입니다.

— 이다혜, 『퇴근길의 마음』(바피시), 2022)

유튜버가 직업인지라 종종 브이로그를 찍는다. 모처럼 해외여행을 가거나 좋은 호텔에 머물게 되었을 때, 경치 좋은 관광지를 둘러보거나 예쁘게 플레이팅 된 음식을 먹을 때면 '이런 장면을 찍어야 한다'는 생각에 얼른 카메라를 든다. 그렇게 때깔 고운 장면들만을 골라 담아 영상을 만들고 '휴식 브이로그'라는 이름으로 유튜브에 업로드한다.

영상 속의 나는 분명 멋진 휴가를 보낸 것처럼 보이지만, 솔직히 고백하자면 '휴식 브이로그' 같은 걸 찍는 날엔 무척 시달리는 기분이 든다. 여기저기 좋은 각도를 찾아 분주하게 카메라를 옮기고, 찍힌 영상을 확인하고, 옷매무새와 화장을 가다듬는 일에는 거의 노동에 버금가는 피로감이 따른다.

가장 편히 쉬는 날, 내 모습을 카메라에 담는다면 어떤 모습일까. 목이 늘어난 티와 색이 바랜 고무줄 바지를 입고 있을 거다. 몸에 딱맞게 낡아 버린, 추레하지만 편안한 잠옷이다. 머리는 제멋대로 뻗친 채 떡져 있을 테고, 아무것도 바르지 않은 얼굴은 칙칙하고 번들거릴 거다. 무릎을 세우고 구부정하게 앉아 가장 편한 사람과 내밀한 이야기를 나누는 내 모습을 떠올려 보면…… 아마 앞으로도 백 퍼센트 솔직한 '휴식 브이로그'를 보여 주기는 어려울 것 같다는 생각이 든다.

불편하지 않냐고요? 물론 그럴

때도 있죠. 그럼에도 부자유를 받아들이고,

그 안에서 어떻게든 하는 것.

나이를 먹는다는 건 그런 겁니다.

— 키키 키린, 『키키 키린: 그녀가 남긴 120가지 말』(현선 옮김, 항해, 2019)

"요즘 독감 때문에 난리야."

돌배기 아기를 키우는 친구와 이런 대화를 나누고 얼마 뒤, 정말로 독한 감기에 걸렸다. 기침이 심하지는 않았으나 좀처럼 열이 떨어지질 않아 모로 누운 채 꼬박 일주일을 보냈다. 하던 일도, 해야 하는 일도, 하고 싶은 일도 모두 중단할 수밖에 없었다. 머리가 멍해지는 바람에 독서에도 집중할 수 없었고, 단 몇 걸음을 걷기도 힘들어 산책도 불가능했다. 그저 하릴없이 자다 깨기를 반복하며 괴로운 시간을 참아 낼 뿐.

꼬박 열흘을 앓다 겨우 기운을 차릴 때쯤엔 이런 생각을 했다. 예전에는 회복 속도가 이렇게 느리지 않았는데, 하는 생각. 감기 같은 잔병치레는 없다시피 했고 어쩌다 탈이 나도 하루만 쉬면 싹 낫곤 했는데. 지금은 감기 한 번에 몸도 마음도 아수라장이다. 고작 30대 중반이 할 말은 아닐지 몰라도 내 몸이 나이 들고 있음을 실감한 순간이었다.

노화하는 몸 앞에서 어리둥절해하는 것은 어쩌면 인간의 숙명일지도 모르겠다. 전보다 적은 자극에도 쉽게 탈이 나고, 충분히 휴식해도 피로의 앙금이 좀처럼 가시지 않는 것, 일본의 배우 키키 키린의 말대로 "젊을 때 당연하게 하던 일들을 할 수 없게" 되는 것이 바로 나이 들어가는 과정이지 싶다.

살아 있는 생명체이기에 어쩔 수 없이 노화와 질병과 고통을 맞이해야 한다면 그 여정 동안 내 몸을 편안하게 받아들이는 법을 익혀 두고 싶다. 차차 변화하는 몸의 상태와 마음의 간극이 너무 벌어져 버리지 않도록 말이다.

계속 그렇게 몰입하다가는

수명대로 못 살겠죠。

— 교수 김대수 (tvN 「유퀴즈 온 더 블럭」 중에서)

프랑수아즈 사강은 인터뷰에서 '사랑을 믿느냐'는 질문을 받고 다음과 같이 대답했다.

"농담하세요? 제가 믿는 건 열정이에요. 그 외엔 아무것도 믿지 않아요. 사랑은 2년 이상 안 갑니다. 좋아요, 3년이라고 해두죠."

나는 오랜 연애에 곧잘 싫증을 느꼈다. 연애 초기의 설렘과 떨림이 가시고 나면 곧장 이별을 고했고, 그렇게 설익은 연애를 반복했다. 성적 긴장감과 두근거림이 동반되어야만 진정한 사랑이라고 생각했던 것이다.

카이스트에서 생명과학을 전공하는 김대수 교수의 말에 따르면 사랑은 크게 세 단계로 나눠 볼 수 있다. 두 사람이 서로에게 강한 끌림을 느끼는 '사랑 1단계'에서는 성호르몬이 활발히 분비된다. 이윽고 연애가 시작되면 '2단계'에 접어드는데, 이때 뇌에서는 도파민과 세로토닌 등 각성과 쾌락을 불러오는 호르몬들이 분비된다. 이 호르몬들의 유통기한은 길게는 17개월, 짧게는 1년이다. '사랑 3단계'는 이른바 '정'으로 여겨지는 단계다. 이 단계에서는 옥시토신과 바소프레신 등의 호르몬이 분비되는데, 이 호르몬 덕분에 두 사람은 서로에게 편안함을 느끼고 점점 끈끈한 관계를 형성한다. 내가 진정한 사랑이라고 여겼던 '사랑 1, 2단계'의 뇌는 지나치게 각성한 뇌다. 그 각성의 정도가 마약을 한 뇌에 버금갈 정도라면서, 김대수 교수는 이렇게 덧붙인다.

"계속 그렇게 몰입하다가는 수명대로 못 살겠죠."

열정의 골짜기를 함께 넘은 연인들만이 획득하는 지구력에 대해 생각한다. 살짝 열을 식힌 그들의 사랑은 더 튼튼하고 아늑할 것만 같아서, 나 또한 그런 사랑을 조심스레 꿈꿔 본다.

여행은 습격이 되고
여행자는 침입자가 된다.

— 김영하, 『여행의 이유』(문학동네, 2019)

"핫플 된 '양리단길' 헌팅포차 때문에 시끄러워서 잠 못 자는 86세 할머니"(『인사이트』2023.9.7.)

"주택가를 관광객 놀이터로 만든 에어비앤비… 밤샘 파티에 뜬눈으로"(『한국일보』2023.8.29.)

"관광의 역습… 참을 수 없는 고통, 소음"(『한국일보』2023.8.28.)

올여름 연달아 발행된 이 기사들은 '오버 투어리즘'으로 몸살을 앓는 관광지의 현실을 포착한다. 기사에 따르면 관광지의 주민들은 밤마다 생활 소음 기준(60데시벨, 백화점 내부 소음 정도)을 훌쩍 뛰어넘는 소음에 시달린다. 순간 최고 소음은 85데시벨에 육박하는데, 이는 집 안에서 청소기를 돌리는 소리나 지하철이 지나갈 때 나는 소리에 버금간다. 이뿐만 아니라 주민들은 집 안마당에 불쑥 난입해 사진을 찍는 관광객들과 그들이 남기고 간 쓰레기들로 인해 안전과 설 자리를 두루두루 위협받고 있다.

일상에서 벗어나 특별한 하루를 만끽해 보려는 관광객의 마음을 이해하지 못할 건 없다. 관광산업으로 수익을 창출해야 하는 자영업자들의 사정도 알 만하다. 오버 투어리즘은 여러 지역에서 동시다발적으로 나타나고 있는 큰 문제지만, 관광지의 흥망성쇠와 깊이 얽혀 있는 만큼 단칼에 해결책을 내기 어려운 사안이다.

지속 가능한 관광을 위한 정부와 지자체의 행보에 주목하는 한편 기억해야 할 것은, 우리가 언제든 침입자가 될 수 있다는 사실일 것이다. 서로의 안위와 요구가 맞붙는 충돌을 어떻게 헤쳐 갈 수 있을지 부지런히 생각하는 요즘이다.

과거에는 속편하게 노는 것에 대한

수용력이 있었다. 그러나 능률 숭배로 인해

그러한 부분은 사라져 버렸다.

— 버트런드 러셀, 『게으름에 대한 찬양』(송은경 옮김, 사회평론, 2005)

내가 사용하는 명상 애플리케이션에는 그날그날의 기분을 간단히 기록할 수 있는 기능이 있다. 행복함, 차분함, 만족함 등 긍정적인 기분을 느꼈던 날은 온종일 고강도의 노동을 한 날이었다. 영상도 만들고, 글도 쓰고, 책도 읽고, 쌓여 있던 모든 업무를 말끔히 처리해서 이토록 많은 일을 해낸 스스로가 뿌듯하고 대견했던 날. 기분 기록과 함께 덧붙인 짧은 메모에는 다음과 같은 문장이 쓰여 있었다.

"맨날 오늘처럼만 살자."

반면 한가했던 날에는 어김없이 불안함, 슬픔, 스트레스 같은 부정적 감정이 기록되어 있었다. 뼈 빠지게 노력해도 먹고살기 힘든 세상인데 이렇게 느슨하게 살아도 되나 싶은 생각 때문이다. 매정한 자기검열 끝에는 이런 반성의 메모가 덧붙여 있었다.

"정신 차리자."

그간의 기록을 들춰 보며 생각했다. 혹사는 어쩌다 영광의 증표가 되었을까. 여유는 어쩌다 뉘우침의 대상이 되었을까. 나는 마치 업무 생산량이 곧 나의 쓸모를 증명한다는 듯 굴고 있었다. 내 삶에 일과 성과만이 전부이며, 나 자신이 한 가지 목표를 위해 존재한다는 듯이 말이다.

나는 요즘 '혹사'와 '열심' 사이에서 줄타기하고 있다. 동시에 내게 주어진 한가로움을 기쁘게 누리려는 노력도 한다. 머릿속에 뿌리 깊게 박힌 '최대 효율, 최대 만족'이라는 슬로건이 아직도 나를 혼란스럽게 하지만, 효율이 생산에서만 오는 것은 아니라는 걸 늘 되새기려 한다. 일할 땐 몰입의 기쁨을, 놀 땐 재미와 홀가분함을 온전히 만끽하는 사람이 되고 싶다.

쉬긴 쉬는데

이제 자기계발을 곁들인。

— 앤 헬렌 피터슨, 『요즘 애들』(박다솜 옮김, 알에이치코리아, 2021)

해마다 대한민국의 트렌드를 분석해 주는 책『트렌드 코리아』(미 래의창)에서 지난 몇 년간 주목한 키워드가 있다. 바로 취미와 자 기 계발이다. 2020년에는 '업글 인간'이라는 키워드를 통해 여가 시간을 투자해 신체와 지식, 취미 등을 업그레이드하려는 현상 에 주목했다. 2021년에는 '오하운'과 '자본주의 키즈'라는 키워 드를 통해 쉬는 동안에도 몸을 가꾸는 한편 주식과 부동산 공부 를 취미로 삼는 밀레니얼 세대의 모습에 주목했다. 해당 키워드 들은 단순한 스펙 쌓기 경쟁에서 벗어나 자신의 삶을 주체적으로 가꾸고 취미를 즐기려는 노력으로서 긍정적인 평가를 받았다.

하지만 이러한 욕구에는 그림자가 드리워질 수 있다.『요즘 애들』의 저자 앤 헬렌 피터슨은 다음과 같이 지적한다.

"여가 시간에 몸이든, 정신이든, 사회적 지위든 최적화해야 한다는 강박이 우리를 괴롭힌다. (…) 당신이 여가 시간을 그렇 게 최적화해서 생산적으로 자기 계발을 하면서 사용하는 유형의 인물이라는 걸 다른 사람들에게도 분명히 알려야 한다. (…) 이 런 문화적 소비가 당신이 출세를 위한 티켓을 구매할 유일한 방 법이라면, 이는 선택이 아니라 의무처럼 느껴진다."

즉 '좋아하는 일을 마음껏 하라고 허락받은 시간, 가치를 창 출해야 한다는 죄책감에서 자유로운 시간'으로 쓰여야 할 여가 와 취미 시간이 또 다른 무언가를 '생산'하고 '성장'해야 한다는 압박감으로 채워질 수 있다는 거다.

나의 취미는 정말 나를 즐겁게 하는가, 나의 여가는 정말 나 를 회복시키는가. 거기에 성장에 대한 압박과 과시에 대한 욕구 가 스며들어 있지는 않은가. 바야흐로 취미와 여가의 안녕을 점 검해 볼 시점이다.

영화관에서 나오거나 읽던 책의 마지막 장을

덮었을 때 찾아오는 고요와 적막을 사랑했다.

— 강지희, 『혼자 점심 먹는 사람을 위한 산문』

「무수의 많은 이별과 산책 중」(한겨레출판, 2022)

영화관에서 영화 보는 걸 별로 좋아하지 않는다. 영화를 상영하기 위해 만들어진 공간이라지만, 감상을 방해하는 요소들이 많기 때문이다. 지나치게 큰 화면과 음향이 부담스러울 때도 있고, 관람 내내 소란을 떠는 관람객들도 있고, 좌석 배치 간격이나 근처에 앉은 관객에 따라 시야가 불편한 경우도 있으니 영화는 가급적 집에서 시청한다.

하지만 정말 보고 싶었던 영화가 있을 땐 일부러 영화관을 찾는다. 아끼는 것을 응원하는 마음으로, 좋아하는 것을 더 본격적으로 즐기고 싶은 마음으로 그렇게 한다.

그런 영화를 보고 나오면 한참을 걷는다. 목적도 방향도 없는 걸음이다. 방황하듯 이곳저곳을 누비며 방금 본 영화의 OST를 찾아 듣거나, 영화가 만들어 둔 여백을 이리저리 메꿔 보거나, 인상 깊었던 장면들을 되새기며 영화로부터 빠져나올 시간을 최대한 유예한다. 입안에서 오래 굴린 영화는 이내 사탕처럼 작아지고 온몸에 녹아든다. 그제야 집으로 돌아간다. 안에서 잠겨 있던 감각들을 열고, 바깥세상을 받아들인다.

그 독특한 단절의 순간과 소화의 과정이 그리워서, 오랜만에 영화관에 가고 싶다.

fff

(오래、 아주 강하게、 쉰다。)

— 작곡가 알프레드 슈니트케의 묘비명

죽음은 흔히 궁극적이고 절대적인 형태의 휴식으로 그려진다. 이 비유는 역설적으로 삶에 필연 존재하는 소란과 부침을 드러낸다.

죽음은 정말 휴식일까. 어쩌면 그럴지도 모른다. 망자는 아무것도 알 수 없고, 알 필요도 없다. 더 이상 쥐고 있을 것도, 잃을 것도 없다. 이쪽 세계의 한탄은 오직 살아 있는 사람들의 몫이며, 죽은 사람에겐 아무런 영향도 끼치지 못한다. 그 어디에도 매이지 않는 홀가분하며 자유로운 무존재다.

그러나 나는 이러한 휴식을 가능한 한 유보하고 싶다. 사랑하는 사람들과 함께 오래도록 소란하기를, 조금만 더 지지고 볶아 대며 살 수 있기를 바란다.

물론 뜻대로 되는 일은 아니지만서도 말이다.

나와 다른 시선이나 기준에 대해서도

"그래, 그럴 수 있어" "그러라 그래" 하고

넘길 수 있는 여유가 생겼다.

— 양희은, 『그러라 그래』(김영사, 2021)

한라산 정상에서 재미있는 장면을 보았다. 세 사람은 가족인 듯했고, 그중 아들은 중학생쯤 되어 보였다. 부모님이 연신 백록담 경치에 감탄하는 동안 아들은 계단 모서리에 앉아 내내 모바일 게임에 집중하고 있었다.

"여기까지 올라와서 무슨 게임을 하고 있어. 여기 와서 저거 좀 봐라. 진짜 멋지다."

"그래, 야, 공기가 얼마나 좋은지 좀 맡아 보고 그래."

부모님의 성화에도 아들은 아랑곳하지 않고 핸드폰에 시선을 고정한 채였다.

한라산 정상에 오르는 일이 흔한 경험은 아닐 것이기에, 나 역시 아이가 핸드폰 화면보다는 주변 경치를 눈에 담아 가면 좋겠다고 생각했다. 하지만 게임을 하는 아이의 얼굴이 어찌나 신나 보이던지! 뭔가 좋은 아이템이라도 나왔는지, 아이는 연신 "아싸!"를 외쳐 댔다.

휴식에 대한 글을 100편 모으면서 사람은 모두 시기와 상황에 따라 서로 다른 휴식을 향유한다는 사실에 주목하게 됐다. 어떤 휴식 방법들은 서로 상충한다. 하지만 상극으로 보이는 행위들 역시 모두 휴식일 수 있음을 이제 안다. 휴식은 다채롭고 무한히 열려 있다. 휴식의 무수한 조각들을 그러모아 하루하루를 빛내 보자.

휴식의 말들
: 나를 채우는 비움의 기술

2024년 1월 14일   초판 1쇄 발행
2024년 12월 24일   초판 2쇄 발행

지은이
공백

펴낸이	펴낸곳	등록
조성웅	도서출판 유유	제406-2010-000032호 (2010년 4월 2일)

주소
경기도 파주시 돌곶이길 180-38, 2층 (우편번호 10881)

전화	팩스	홈페이지	전자우편
031-946-6869	0303-3444-4645	uupress.co.kr	uupress@gmail.com

	페이스북	트위터	인스타그램
	facebook.com /uupress	twitter.com /uu_press	instagram.com /uupress

편집	디자인	조판	마케팅
김은우, 김정희	이기준	한향림	전민영

제작	인쇄	제책	물류
제이오	(주)민언프린텍	다온바인텍	책과일터

ISBN 979-11-6770-080-3 03810